EVERIGHT BOOK 永正图书

寻找光的小女孩

[法] 希里尔·马萨霍托 著
梁若瑜 译

北京日報出版社

≈

The little girl who looks for the light.

≈

LIGHT

她很认命，原本打算逆来顺受，
忽然内心深处有个小齿轮转动了。
这个小构造，带动另一个构造，
它又再带动别的构造——
在这一连串奇特的机制运转下，
孕育出一个微妙的东西：
希望。

≈

The little girl who looks for the light.

≈

如果回顾一生，

我知道我尽力了。

我没有做完每一件事，

但我做了很多事。

重点是，

我做了最重要的事：我爱过。

LOVE

≈

The little girl who looks for the light.

≈

目录

恐惧

脏兮兮的小小身躯，蜷躺在废物堆中。我透过窗板的缝隙，观察了那尸体好几分钟，乃至于好几个钟头——我已经没有时间概念了。就在尸体那只裸露的脚旁边，垃圾动了一下，我起先以为是老鼠，或是一阵我没听到的风——这些年，我的听力愈来愈差。我拿起眼镜，戴到鼻梁上。天色渐渐昏暗，但我再度看到有动静：尸体的另一条腿，也就是穿着脏鞋子的那条腿，在废物堆中移动了。我的心揪了起来。那孩子露出来了脸，还露出一头沾着血块的长发。是个小丫头。

一个活生生的小丫头，或至少，她还没死。

我静静地等待。

我不知道该如何是好。这座城市已经死了那么久，她怎么有办法一路来到这里，来到市中心？难道她漫无目的地爬行，最后才来到距离我家几公尺的这里？我很害怕：说不定是那种人故意把她丢在这里，说不定他们在暮色中虎视眈眈，等着毫无防御能力的我自己出来，那么，他们一定会杀了我。

她呻吟了一声，仿佛一道闪电划过心头——我幻想她是我的小莉莎，伤痕累累躺在那里，只能靠我去救她。我的心肝莉莎，我的宝贝莉莎呀。我决定把恐惧抛到脑后，悄悄打开大门的三道锁和两条闩。然后我深深吸了一口气，从仅可容身的狭窄门缝钻到外面来。

我在屋外才走了两步路，恐惧便袭上心头：我和那小女孩的距离只有约莫十五公尺，脑海里却浮现最惨绝人寰的画面——包括我自己看过的画面，还有最初，仍有无线电广播时，听人讲过的画面。我仿佛能想见自己受尽他们极尽所能的凌虐，在他们手上断送此生。我加快脚步，好像甚至还跑了起来。

好不容易来到她身旁，我弯下身子想抱起她，忽然感觉自己的腰闪到了。

有那么一瞬间，我以为自己会就这么蹲着，手上抱着小女孩瘦弱的身躯，一直卡在这里。于是我聚集全身的力气，猛一用力，把她从废物堆中抽离出来。我腰杆子瞬间痛得锥心刺骨，痛楚来得又急又快，叫人难以忍受，逼迫我发出一声沉重又惊心动魄的号叫，连我自己听了都吓一跳，那简直就是个垂死老骨头的哀号。

直到耳边听到一声奇怪叫声，小女孩才睁开眼睛。几秒钟前，把她捧起来的那双手，确实把她从黑暗深渊中拉出来，但直到这一声叫喊，她才真正恢复意识。起先，她不明白自己所看到的：天色暗了，她的头轻微摆动着，然而她明明很确定自己没有移动的力气。接着，画面逐渐清晰：有一个肩膀、一个脖子，和一个头，但角度是由下往上看。这三样东西都特别特别大。一阵惊恐从心底蹿起，她赶紧闭上眼睛再重新睁大，发现自己此刻是倚贴着一片胸膛，上方有一把如错综复杂的荆棘般浓密的大胡子，是某个人或某个东西正一面把她抱在怀里，一面喘着大气。这种野兽般的喘息，把小女孩吓坏了。她开始隐约猜出发生了什么事。

她感觉到停了三四次，宛如在登阶梯，又听到一只脚踢开一扇嘎吱作响的门，接着整个大身躯转过来以反方向前进，门喀啦一声关上。她似乎来到一间屋子，但四周依然一片黑暗：没有火，也没有灯。小女孩感觉自己全身血液仿佛凝结，因为她知道自己身在何处了：这里是妖怪巨人的家。

妖怪巨人把她轻轻放在某种柔软又舒服的东西上，再回去把门上锁。她成了俘虏。他像头野兽，依然喘着大气。小女孩从来没见过妖怪巨人，但底下的某些小孩曾或近或远、或多或少见过他。某天早上，在地面上，他曾试图擒抓他们其中一人，那小男孩差点就被抓走了，他吓得魂不附体，接连好几个星期不肯再出来。妖怪巨人家的四周是禁区，但有些人说自己清晨天亮时曾试着靠近过：他们看到院子里并排放了好几具人骨骷髅。

初次发现妖怪巨人的踪影，是许多年前，战乱刚起的时候。年纪最大的三个孩子，早上睡觉前，经常会说起这个高大魁梧的老人的事。他头发很长，大胡子乱糟糟的。某天夜里，他们看到他大咧咧走在马路中央——光是这一点就令人啧啧称奇：这表示妖怪巨人不怕那种人，因为他居然连躲都不躲——手上捧着一个全身血淋淋的小女孩的遗体。他们偷偷尾随他，亲眼看到妖怪巨人不时停下来，发出几声号叫，把脸埋进遗体，吮饮她的血。很小的时候，这传说让她心里有点毛毛的，但如今，她心想与其落入暴虐残酷的那种人手中，或许还不如被这个老妖怪巨人带走。她深知，那种人对所有的人都会做出很恐怖的事情，对小女孩更是心狠手辣：如果遇到小女孩，他们会慢慢玩弄。每当大孩子们讲起这类事情，她总会捂住耳朵，光是看他们的手势，似乎就看到了许多件一个小女孩原本不该知道的事情。

奇怪的是，因为太害怕那种人，她现在反而比较不那么害怕妖怪巨人。小女孩心情平静地期盼自己的血可以很快被喝光，她就能迅速死去，不用受太多苦。

当然，如果能够选择，她还是宁可活着，但她实在太虚弱了，根本不可能逃走或以任何方式抵抗。她很认命，原本打算逆来顺受，忽然内心深处有个小齿轮转动了。这个小构造，带动另一个构造，它又再带动别的构造——这一连串奇特的机制运转下，孕育出一个微妙的东西：希望。

也说不上来为什么，但小女孩开始暗自期盼妖怪巨人不是坏人。她很纳闷自己为什么有这种想法，后来才发现，是因为她从自己所躺的沙发上，闻到一股美妙的花香：一个妖怪巨人的家里居然这么好闻，未免太奇怪了。再说，从来就没有谁是好闻的，从来没有，说不定只有她除外，但只“好闻”过几个钟头，而且那是好久以前的事了。小女孩以前经常在漫漫长夜里，被逼着外出搜刮东西。某次，她在一栋大楼的瓦砾堆中，找到一支装着黄色液体的小管瓶，打开塑胶盖子后，她头一次闻到一股很神奇的味道，想必是天堂的气味吧——也就是她父母亲如今所在的地方的气味。她把这项发现告诉其他孩子，有个十三岁的大孩子教他们这东西叫香水，以前，妈妈们用来擦在头发和耳后，让自己闻起来香香的。小女孩把整瓶液体倒在自己头发上，一整天闻起来都很浓郁且很香，后来到了晚上气味就消失了，她一直不明白为什么。

她把头稍微侧偏，想更仔细地闻一闻抱枕上的气味。刹那间，她回想起妖怪巨人把她抱在怀里时，她也曾从他的胡子闻到过相同的奇妙气味。一个妖怪巨人绝对不会闻起来这么香，她很确定。如果她的直觉是对的呢？如果这妖怪巨人，其实只是个身材高大、披头散发且有着一脸杂乱大胡子的老人呢？

妖怪巨人回到她身旁，站着端详了她一会儿，随即又离去。她看不到他，但每一秒都知道他正在做什么：先是远去的脚步声，水从细长瓶颈流出来断断续续而闷稳的声音，然后是回来的脚步声、在近处点起打火机的擦石声，以及油芯燃烧起来所发出的典型而让人安心的声音。

小女孩最爱的东西，莫过于光亮，连某些孩子找到带回来的食物或玩具都比不上。漆黑会令她紧张，然而她明明已经不小了——她感觉自己已经十岁，或快要十岁了。在底下，和她同龄的女孩早就什么都不怕了，但她没办法。虽然她的记忆里只有底下，和底下几乎无所不在的黑暗，但她很怕黑。所以她每次出来搜刮物品，绝大多数的时间都用来寻找能照明的东西，而不是寻找食物。她因此被毒打了不知多少回，最后一次，就是昨夜的那次。

一块湿润的布料放在小女孩额头上，把她吓了一跳。

“别怕……你好烫，得让你退烧才行。”

他的声音很奇特，很粗又低沉，她从来没听过这样的声音。她很错愕，再度感到恐惧席卷而来。

“只好把我仅剩的药给你了……”

然而，声音不只低沉，也很温柔且温暖。就像香水一样。

等他坐到她身旁，油灯照亮了他，小女孩终于看清他的长相了。

是个老人。

妖怪巨人果然是个老人。她从来没见过真正的老人。当然，他们经常会发现很多年长者的照片和图片，她知道老人是什么模样——就像她也知道那种人是什么模样一样。但现在居然亲眼见到一位老人家，还这么近距离……感觉真的很奇怪。底下年纪最大的孩子伍拉狄米，也才不过十九岁而已——至少他是这么说的，因为十八岁的那几个人怀疑他为了当老大而撒谎。她唯一看过的大人，是个已经死掉的人：是个那种人，他自己一个人闯得太深了，大孩子们对他下手可一点也没留情。

这个老人和其他人都不一样，和伍拉狄米、那种人和图片上的老人等等都不一样，但他不是什么妖怪。他确实很高大，不像孩子们传说中的那么巨大，但还是很高大。而且，他看起来很强壮，并不是因为他很肥胖，或特别有肌肉，而是他散发出一种浓浓的力量感。他的手臂和肩膀就像老树的枝干般厚实而粗壮。

老人的模样就是这样，像某夜小女孩见过的烧焦的大树。那一夜的满月很明亮，宛如海蓝色的太阳。那是她少数几次去这座城市的另一头，那边的一切早已死绝了。

老人的脸看起来也像烧焦了。他的褐色皮肤宛如旱季大地般皴裂，好几道深深的沟痕交错着，尤其在额头上和眼睛四周。那浓密的胡子，小女孩原本以为是灰色的，其实已经几近白色，遮住了他整个下半张脸。他宛如刷子般的长眉毛，颜色也很淡，不过仍较偏向灰色。头发所剩无多，鼻子既尖又厚，令小女孩印象深刻。鼻子很抢眼，又高又长的耳朵也是。

说到底，是真的：这老人长得很像个妖怪巨人。

他把一只手伸到小女孩的脖子下面，轻柔地把她的头托起来，再用另一只手把两颗胶囊放进她嘴里，喂她喝了几口出奇清净的水。

“你饿吗？”她好想马上点头，以便充分表达这份已经折磨了她好几天的饥饿感——其实根本是长久以来都挥之不去的感受。然而她实在太虚弱，动作缓慢沉重无比，她很担心老人不明白她的意思。所以她努力想坐起来，结果眼前的小黑影愈来愈密布，直到变成一片漆黑。

— 11

那可怜的小丫头累坏了。她连回答我的力气都没有，直接头倒在我手心里睡着了。她浮肿的脸颜色泛黄，某些地方还青一块紫一块。我尽量小心翼翼地用一个抱枕取代我的手，然后拿了一条我平常用来盖腿的格子毛毯覆盖在她虚弱的身体上。我很后悔没先拿厚棉被垫着沙发，再让小丫头躺上去，因为污垢和血渍一定会弄脏我的抱枕。

一直到睡觉前，我都因此闷闷不乐。

爬上楼时，我的背再度疼痛起来。也难怪了，这是意料中的事呀！随着年纪愈来愈大，我学到的教训愈来愈多，其中包括这一课：过了一定的年纪后，每次花力气，哪怕只是一下子，就注定要带来顽固持久的痛楚。

在这太漫长的一生当中，我记得很多事情——我的第一台脚踏车、儿子的诞生；一切由它开始也由它结束的那个雨天、我的莉莎的死。可是，在这一切的记忆当中，有一道光芒特别照亮了某个特殊的日子：我成了个老头子的那一天。

那一天爬楼梯时，我比平常都觉得更艰辛吃力，只好把两只脚都放在每一阶上。判决已无可逆转，事实摆在眼前：今后我就是个老人。以前，奇数阶梯由右脚负责，左脚负责偶数阶梯。然而，自从这沉痛的一天以后：第一阶，右脚，再左脚；第二阶，右脚，再左脚；如此类推，直到最顶。依照世界的定律，只要老了，凡事都要花双倍的时间，行动的速度会减半，可是如果每爬一阶梯还必须两只脚都放，那么爬楼梯就必须花去四倍的时间。仔细想想，真不公平：大好人生摆在眼前时，做起事来，神速无比；来日无多时，却只能用慢动作，看着仅存的时光溜走。

要是早知道，我一定会当个懒惰的年轻人，或许就能省下一些体力，留着攀爬每晚上床睡觉前所需先登上的这喜马拉雅山般的楼梯。该死的背，根本是个连站都快站不住的该死臭皮囊。

躺下来会比较好，好一点点而已。我躺在床上，想来想去都是同一些问题：该拿小女孩怎么办？她是什么人？是否值得为她消耗我的药品，和使自己身陷险境？而且重点是，她怎么有办法出现在这里？我已经四年多没见过也没听过任何活人了。上一次，也是个孩子，那次是个小男孩。我是最近一次出去时遇见他的，那天晚上，迫于必须，我鼓起勇气出去寻找电池——我的库存用尽了。尽管多年来已没有任何频道发出讯号，我每天早上仍会努力把整个波段仔细搜索一遍。我把搜寻范围集中在这一带豪宅最多的地方，那是较往南方的一条路段——北方，早已尽是废墟或灰烬。我满载而归，天色才正要转明，我心满意足但战战兢兢，就在到了我家巷口的时候，我迎面遇上一个瘦巴巴的小男孩，他正费力掀开一个地下水沟的孔盖。我很意外，愣在原地，但那男孩一见到我便开始大呼小叫。我想安抚他，向他伸出手，他却尖叫得更厉害，立刻跳进废水道，匆匆关上盖子。他似乎吓坏了，想必他误把我当成那种人吧。我走到孔盖旁，听到他的尖叫声在废水道的长廊里回荡，其他一些幼童也惊慌失措，跟着喊叫起来。我这才发现那底下不是只有那个小男孩而已。我赶紧回家，生怕小男孩的叫声会暴露我的踪迹。脱离险境后，我忍不住纳闷，为什么我从来没想过要像他们一样，去地底下生活。但我发现我宁可死，也不愿如老鼠般苟活在那么不堪的烂泥坑里。

活在地底下的那些人，应该有好几十人，甚至上百人吧。那些孩子八成形成了某种社群，一群小野人集结在一起，相信那小丫头也是他们的一份子，不然以她区区九、十岁的年纪，不可能靠独自的力量存活那么久。她年纪居然这么小，是很不可思议的，战乱爆发时，她应该才不过两岁吧。

某方面来说，这让我安心：假如她是从某个地方来的，她就能回某个地方去。等她能站起来，我就立刻把她送回给她的同伴。

天呀，我好累。

≈

The little girl who looks for the light.

≈

光儿

我醒来时胆战心惊，因为听到大雨打在我家窗户上。打从战争爆发的第一天起，滂沱大雨便成了我最惧怕的一件事。对雨也许不如对那种人那么恐惧，然而只要任何丝毫的降雨，便足以令我心惊胆跳。就像每次只要一下雨，回忆的画面便不请自来，将我淹没；就像每次我泪水满溢眼眶，又回想起自己躲在那个大型垃圾桶里，无力又懦弱地观看俨然是世界末日的那个无尽雨天。

但这些画面——即我从店里出来，怀里抱着一大堆姜饼人的画面——忽然被楼下传来的一声呻吟驱散。小女孩喃喃呓语，她好像在叫我：

“……汪……”

她的这一声立刻把我拉回现实，让我意识到她出声可能惹来的危险，所以我赶紧起床。我从楼梯上方低头往下，压低声音对她说：

“来了！嘘！”

“……汪……”

我怕她没听到，稍微拉高音量，但特别留意别变成喊叫：

“我来了！别再出声，不然会被听到！”

幸好她没再说话，静静等我，让我松了一口气。到了沙发旁，我看到她双眼在黑暗中闪闪发亮。她手指着关着的窗板，对我轻声说：

“光……”

“唉，我从来不开窗板的，不然万一被那种人看见……反正现在是晚上呀！”

“光。”

“要不要我来点油灯？”

“光，光，光！”

“好啦，好啦，拜托你小声一点！喏，亮了……这样行了吗？”

她点点头表示行了。

“你不希望我们被发现，对不对？”

她摇摇头表示不希望。

“如果是这样，我拜托你别再嚷嚷。起码我发现你吃的药发挥作用了！你饿了吧？”

她点点头表示对。

“咦，你会说话吗？”

她摇摇头表示不会。

“可是你刚才明明喊了好多次‘光’，你会说话呀！”

“光……”

“你是故意的吗？”

“……”

“难道你真的不会说话？”

她摇摇头表示不会。

“你只会说‘光’？”

她点点头表示对。

“居然有这种事……居然给我碰上只会说一个字的丫头！我该拿你怎么办？至少得告诉我你叫什么名字呀！”

“……”

“喂，努力一下嘛，你总有个名字吧！”

“……”

“你倒是说话呀！随便说什么都好！”

“光……光？”

“好啦，那就这么办吧，我们就叫你光儿。”

小女孩很高兴：老人替她取了个名字呢。几乎像个真的名字了。在底下，孩子们从来没想过要帮她取名字；每个人都有名字，唯独她没有。然而，有个大孩子某天曾说，多年前，曾经有人知道她叫什么名字。根据他的说法，当初是小女孩年约十五岁的姐姐带她来底下的，姐姐把小女孩的名字告诉了一个男孩，但那个男孩后来和姐姐一起返回地面上，从此再也没回来。大孩子又说，想也知道，姐姐和那男生在上面遇害了。到头来没有任何人知道这该死的名字。小女孩从来就不相信这个说法，因为她从来不记得自己有过任何姐姐或妹妹，也不记得自己有过什么名字。孩子每次要叫她，就喊“喂”　“哎”或弹弹手指。他们也常叫她“哑巴”。

然而她并不是哑巴，她会说一个字：“光”。她知道为什么自己能说这个字，因为长久以来，光亮就是她最殷切渴望的东西。但她从来不明白为什么自己只说得出这个字。然而，她很清楚自己的发音咬字能力没有问题。最好的证明是，在底下的时候，她曾经在睡觉时说梦话。起初几次，其他孩子把她叫醒，鼓励她再多说说看，但不论她怎么努力，还是只能一而再、再而三地重复“光”这个字，别人就渐渐对她失去了兴趣，并替她取了另一个绰号“疯女”。她讨厌死它了。

因为她明明不疯，这一点她很确定。再说，她其实能说话，甚至很能说话，只不过是在自己心里说。她会编故事给自己听。她像个字句话语的风车磨坊，只不过还没有风吹动这风车罢了。要是真有那一天……她经常幻想自己突然开窍的那一天，自己一定会一口气把曾经嘲笑过她的人通通滔滔不绝回呛得目瞪口呆。啊，等到她开窍的那一天，那些笨蛋一定会傻眼！等着瞧吧，他们通通等着瞧……

可是没了。

他们什么也瞧不着。永远不会有那一天了。

现在，她再也不是他们那一伙的，再也不是了。因为那些孩子不但把她打得半死——至少他们一定以为她死了——居然还把她的躯体丢弃到妖怪巨人这里来，不惜大费周章，把她拖来这个自从知道有妖怪出没后就被列为禁区的地方。

从这一刻起，她意识到自己没有退路，以后的生活再也不同了。她不知道这样是福还是祸，不知道自己到底该害怕，还是反而该安心。她很快就发现自己什么也不知道了，她已完全不知所措。她问了自己一个问题：假如我回去底下，其他孩子会不会排挤我，又把我丢弃在妖怪巨人家的门口？然后又问了另一个问题：不然，我能不能跟这老人待在一起？以及第三个问题：万一他也把我赶出去，我该去哪里？结果问题愈来愈繁多，她感觉到自己开始发抖，呼吸变得急促，仿佛有人把她往后拉扯，仿佛她在自己的内心深处瘫软跌倒了……

后来，她才知道这种可怕的感觉是怎么一回事：是不确定感。以前在底下，尽管每天都要面对饥饿、恐惧、羞辱和愤怒，但每天的生活很规律，她从来不用担心明天会如何。在底下，白天就躲起来睡觉，晚上则出去寻觅食物——或以她而言，寻找能发光的东西，其他一概不必多管。可是在这里，她似乎再也没有任何可依据的准则了。

她发现自己只知道一件事：从今以后，她名叫光儿。

于是，她的呼吸趋缓了，双手不再颤抖，一股温暖的感觉包覆了她。

她有名字了。

她有身份了。

她是光儿。

我把灯凑到她脸旁。盖着厚厚的棉被睡了二十个小时，加上药品的辅助，让她元气大振。她消肿了许多，甚至看起来气色不错。小孩子嘛。

虽然她皮肤某些地方仍有淤青，我终于能看清她的五官，看清楚她真正的长相。干掉的泥巴块下的长发，似乎是浅色的。她的眼眸又大又蓝，颜骨立体俏丽，小小的下巴有一点尖尖的。鼻子很小巧，鼻尖翘得很低调，使她的容貌有那么一点像猫科动物。是的，没错：小丫头有着一张猫咪般的漂亮小脸蛋。

“光儿呀，你想吃什么？”

“……”

“好……看来我需要点时间适应了……算了，我替你决定吧。我们先来喝个好汤！”

看她一脸茫然的样子，我发现她不知道汤是什么东西，至少她听不懂这个字。我去厨房，点燃小煤气炉，把锅子放到蓝色火焰上，再把一整罐七种菜泥的蔬菜罐头汤倒进锅子。我有很多种选择，说不定多达六七种不同的料理方式，但我不想把口味弄得太复杂，或把组合弄得太花哨，毕竟她在味觉上一定还是个新手。这七种蔬菜相当合适。

我拿着新婚时那套餐具里的木头旧汤匙搅拌浓稠的汤头时，雨势变本加厉了。我再度不寒而栗，于是闭上双眼，集中注意力想别的事情，但根本是白费力气，我心知肚明。一如外头闪电划破天际，我内心同样被回忆撕扯。一切又浮现我脑海。那个雨天。

莉莎的姜饼人。

那种人。

我，躲在垃圾堆里。

所有的人呀，他们发出的声音呀……

老人把汤端来时，汤碗里冒出的热气，令光儿很惊奇。她用双手捧着碗，那触感太温暖、太舒服，她忍不住泛起笑容。她吹了吹袅袅而上的热气，一面纳闷到底该用吃的还是该用喝的。她满怀感激望着老人。

她发现他眼角有泪水颤抖着。汤碗的热度如一股暖流传遍她整只手臂，又如一阵美妙的波动布满她的身体，让她全身逐渐放松。

很明显地，她的恐惧已烟消云散。

她不太清楚这种感觉究竟从何而来，也未追问为什么煮汤竟能让这么老的男人热泪盈眶。或许她永远也不会知道答案，可是，不知为何，有一件事她非常笃定：她永远也不想和老人分离。

她的呼吸趋缓了，

双手不再颤抖，

一股温暖的感觉包覆了她。

她有名字了。

她有身份了。

≈

The little girl who looks for the light.

≈

安心和填饱肚子

光儿一整天都在吃东西。所吃下的这些东西，她一个也不认得，但她记住了每个东西的名字——她非常喜欢学习新单词，等到她能开口说话的那一天，就能派上用场了：橄榄、油渍沙丁鱼、红豆以及玉米。关于最后一项，她怀疑很久以前，小时候的某天，她曾经从某户人家的地下储藏室带了一罐这种玉米回去。但她不确定到底是不是相同的东西，再说当时，根本就不准她吃。真可惜，吃起来很甜，很美味。

说到底，她这一辈子，其实品尝过的味道寥寥无几。他们找到的罐头，大多被大孩子们分掉了，年纪小的孩子只吃得到剩下的一点水果罐头而已。除了菇菌以外，她几乎没吃过什么别的东西。下水道里有很多菇菌。在她小时候，必须去很远的地方摘采，要在地道里愈走愈远才采得到，但某天有个大孩子发现，只要是他们排泄粪便的地方，菇菌便长得特别茂盛。于是，在点子王迪多的一声令下，他们大小号都必须去遍布各处的地道的某些特定地方，并洒上他事先发配的一些菇菌碎屑。过一段时间，菇菌便大量冒出来。菇菌不够吃的话，老鼠也是很美味的，但必须生火烤熟它们才行，可是火烟恐怕会害他们被上面的人发现。

吃完玉米后，光儿表示她还想再吃，但老人说必须省着点吃，因为不知道战争会持续多久，还说她已经在短短几个钟头内吃掉三天的分量了。她假装无奈地接受，其实也知道自己已经不饿了。

让肚子慢慢消化，很舒服地静静休息了一会儿后，老人对小女孩说：

“来，我有东西要给你看。”

她紧跟着他，从厨房的一头来到另一头。他挪走一张地毯，把地上的一个活动门板掀开，提了一盏灯凑过来。

“跟我来，你看了就知道。”

他们小心翼翼走下一条短短的楼梯，老人伸直手臂，把手上提的灯尽量向前，照耀地下室的最里面。

她不禁目瞪口呆。

是食物，堆得像小山一般高的食物。不论是她面前、上方、地上、架子上，或纸箱里，到处都有百百千千个罐头。她甚至没想过世上竟然可以有这么多食物。

“你看吧，我们的存粮足够，但要节制。依照我的计算，如果考量各种罐头不同的容量，一天平均吃三到五罐的话，这里差不多够吃三年。或许你以为这样很多，但我一开始的存量是现在的三倍！”

光儿敞开双臂，双手一摊，皱起眉头。

“想不想知道我怎么弄来这些的？”

她奋力点头。

“当然是我自己扛回来的呀！我不敢出去，但别无选择，我总得要喂饱我的小莉莎……这附近有三家店铺和一间加油站，我推着推车出去，几个晚上就解决了。噢，要是我再多跑几趟，一定能搬更多回来，可是某天晚上，我差点撞见那种人。我以为马路上都没人了，但我把推车推上人行道时，不小心翻覆了，金属罐头掉在地上，发出好大的声响，于是我听到某人喊叫的声音，还有其他人的喊叫声和朝我的方向跑来的脚步声，甚至有一声枪响。我顺利逃回来这里，但至少整整两个晚上睡不着觉，你想也知道呀……从那之后，我只再出去过两次而已。我最怕的就是引起他们的注意，怕他们来到这里，发现我的莉莎……反正，我已经累积了足够的食粮，够我们爷孙俩捱好几年。”

光儿一面聆听老人说话，一面忍不住直盯着罐头看。她感到非常幸福，因为发现左方有一整箱红色和白色的蜡烛，就像她以前找到过的那种蜡烛一样。

“你知道吗，一般都以为罐头只能保存两三年，到保存期限为止。你知道‘保存期限’是什么意思吗？嗯，看来不知道，总之，就是保存日期的意思，通常用很小的字印在表面。其实才不是那样！保久罐头可以保存一百年都不会坏，所以才叫做保久罐头呀！甚至可以超过一百年，很不可思议，对不对？这就让我想起以前，我和凯特琳呀，我们只要一看到罐头过期，就通通扔掉，有时甚至快要到期的也扔，以防万一嘛！真浪费……因为呀，是这样的，相信我，某些食物多摆几年反而更美味，这里有些罐头是我从爆发战乱就吃到现在的，已经八年多喽，而且愈来愈好吃呢！至于饮料，可就差多了，我带回来的瓶装饮料并没有撑多久。这些年来，我轮流使用六十几个瓶子，只要下雨，就盛接雨水，再用后面的煤气桶把雨水煮沸，用蜡把瓶口封住，便大功告成。我最害怕的就是没有煤气可用，但其实有这么多桶库存，再撑个十几年也没问题。煤气可是很方便的。”

这个地方让她有一种很不真实的感觉。这里一切的一切，都是她短短一辈子以来，苦苦寻找且梦寐以求的，甚至还超乎她的想象。光亮和食物，正是她在底下最大的痛苦根源，尤其是食物。

最近这阵子，菇菌和老鼠已不够填肚子了，有三个年龄分别为十一、十四和十五岁的女孩生产了，还有一个怀孕了，她们食量大增，每个人只好加倍努力去找食物回来养活大家。光儿仍一意孤行，坚持只找电池或蜡烛。尽管大孩子们多次修理她，并下了最后通牒，她出去寻找整整七个钟头后，带回来的仍只有区区三根火柴和一小片擦火板。她还记得开头的几拳，先打肚子，再打脸；然后，就什么也不记得了。

她好不容易恢复意识，挣扎着爬了几十公尺，又再度昏厥过去。隔天夜里，她似乎从关着的窗板之间，隐约看到透出微光。她用尽余力，往光源靠过去，但未能如愿。她试图横越一堆垃圾时，全身顿时瘫软无力，当下，她以为自己要死了。这一切，都是为了光亮，和为了食物。

但现在，这些通通抛到脑后了。她有得吃，也有得照明了。而且她有他。

光儿一面沉浸在这座宝藏山所带来的满足喜悦中，一面牵起老人的手。他的手指又细又长，实在一点也不像什么妖怪巨人。

于是小女孩把手紧紧握住。他们便这样，默默待了许久。

手心里被我呵护的这双温暖小手，令我回想起我的莉莎的手。

莉莎，全世上最宝贝的莉莎呀。

她出生时的情况算不上顶好，亚贝托向我们宣布他将要当爸爸时，凯特琳和我立刻担忧起来。我们当然努力挂上客套的笑容，但我们认为未来堪虑。虽然我们就像所有疼爱独子的父母那样爱他，但我们内心清楚，儿子只是个没用的烂好人。

他很快就变得迟缓——我觉得这种说法很有趣，但凯特琳不喜欢。我向来冷眼看待这件事。他从来没能正常地上学，更别提工作了，尽管我们动用所有的朋友和关系替他找差事。他连最简单的任务都能出错，是后难逃被开除的命运，他也很难过。这其实不能怪他，因为他对要花心思的事情不感兴趣。这种说法也是凯特琳想出来的，她受不了我用“能力有限”来形容他。可是，他明明就是这样，或许不到智能障碍的程度，但他确实笨手笨脚。他是个有着大人身躯的笨拙小孩。凯特琳很不愿接受这个事实，她是来自书香世家的记者，我则是钢琴演奏者，我们从来没想过会生出亚贝托这样的孩子。

早在他出生前，我们怀着望子成龙的心，发自内心地昭告亲友说，只要他愿意，以后在哪个行业挥洒自己都行：艺术家、医师、律师，甚至从政，有何不可呢？亲朋好友都听到我们说的了：这孩子“高兴做哪一行就做哪一行！”结果，一项所费不赀的能力测验告诉我们，仓库搬运是我们儿子唯一能一展长才的领域，他甚至连做这份差事都会有点吃力。不得不承认，我们大受打击。于是我们明白，我们得照顾他一辈子，便在家里打造了属于他的小空间，有他自己的房间、浴室和一个小客厅，但他从来不使用那客厅，而比较喜欢我们的。

我想凯特琳始终有挥之不去的罪恶感：她忙于事业，直到四十岁过后才愿意生孩子。她知道高龄产妇必须承担一定的风险。当然，这种事只会发生在别人身上。

大家都说，一个孩子最重要的就是能健康和快乐。想必此言不假，但凯特琳和我，却不免感慨且不无惭愧地发现，他的幸福并不足以构成我们的幸福。我们太希望能以自己的儿子为荣，可他总是只健健康康且快快乐乐地看电视。

亚贝托宣布自己将为人父的不久后，我们请他介绍我们认识准妈妈。是某个叫做莉莉的女孩，我们只听他提过两三次而已——除非是我们没仔细听，因为亚贝托只要一讲起在活动中心发生的事，必定是滔滔不绝，也许原本只有两个钟头的活动或某部电影，他却能跟我们讲上三个钟头，以至于有时我们心不在焉只听进一半。总之我们确信他从来没提过跟任何人交往，不论是跟莉莉或其他女生。但他已年近二十五岁，那又是个男女混合的活动中心，我们知道他迟早会谱出恋曲，倒是比较没想到会有孩子。

这个女生让我们吃了一惊。不是染了两种颜色的头发有多吓人，而是头发的蓝色和绿色，跟她衣服的鲜红色有点格格不入。借由聊天的过程和凯特琳设法问的几个问题，她向我们坦言，她之所以爱上我们的亚贝托，是因为他“很能干，是那边所有男生当中最聪明的”。我不禁咬了咬嘴唇才免得自己爆笑出来，同时又有一点心碎的感觉。

无论如何，奇迹于几个月后发生：莉莎诞生了。她是个很漂亮的小宝宝，说话和走路都比一般孩子提早许多，仿佛她父母所没有的，都要从她身上弥补回来似的。她很好奇，很有活力，很爱笑，且聪明得不得了。她快要两岁时，母亲不告而别，留下亚贝托难过不已，照顾莉莎的担子则落到凯特琳和我肩上。

她一直都是由我们养育。她的父母终究只是发育迟缓的青少年。

她就像我们的亲生女儿。

莉莎，我的小莉莎。她那在我手心里的温暖小手呀。

光儿和老人最后又回到客厅，并肩坐在沙发上。

“你是怎么来到这里的？”

光儿觉得很奇怪，他明明知道她不会说话，却还是要问她问题。在底下，从来没有人问她问题，大家只会给她命令。她思索了一会儿，抬起头，正视他，深深吸了一口气，开始比手画脚。

“让我猜猜……在地上？不对，在底下？是在底下，是吗？你以前住在地底下，果然跟我想的一样……”

她很高兴，拼命点头表示是。光儿觉得老人好厉害，居然能猜出她想说什么！她又比手画脚起来。

“这个嘛，呃，大？大人？呃，你这是在比什么呢……啊，男生？好，我懂了，行了，你不用再一直比了！就跟你说我懂了嘛，是啦，有着大鸡鸡的大男生，什么嘛，你觉得很好笑吗？哎哟，姑娘家的可不能这样呀！”

光儿作势继续，但她也看得出老人很想笑。她当下有点不好意思，她从来没有犯过这种错，她向来都是看别人犯错，但她在这里感觉很自在，很有安全感……她沉浸在幸福的感觉中，忍不住也哈哈大笑起来。

“喂，小声一点！万一被听到就惨了！看来这位小姑娘虽然不肯说话，倒是很调皮呀！好，继续吧，刚才说到那些大男生。他们……什么？打你？踢你？还把你抛，不是，丢到上面来，懂了。然后你就被我发现了。唉，可怜的小丫头……你要怎么回去那边呢？”

光儿向他挥手表示不要。

“什么叫不要？”

她挥得更用力了。

“不要？你真的不想回去？那你想怎样？”

光儿凑到他身边，指了指他。

“你想跟我待在一起？是这样吗，你想跟我一起待在这里？”

小女孩扑进他怀里，笨拙地在他脸颊印上一吻。

“我猜这是‘对’的意思咯……”

太震惊了！见她这么热情，我实在不忍心拒绝。难道我要把这可怜的孩子赶回马路上——或者应该说马路下——回去继续被那些狠心的孩子欺负，或更惨，落到更残酷冷血的杀人魔手中吗？

不行，当然不行。

我虽然很不情愿，但实在没别的办法，她非在我这里待下来不可。但要待到什么时候？待到战争终于结束为止吗？但愿战争有结束的一天……或更糟的是，它难道不已经结束了吗？我趁光儿醒来前，用收音机搜寻，一如往常，什么也没收到，没有任何讯号或任何说话声。这是否意味着战争很久以前便已结束，意味着全国上下已成一片荒芜，意味着那种人已经离去，因为再也没有什么好摧毁、再也没有谁可以残杀？他们的战争和昔日的战争都不一样，他们不要我们的地盘，也不要我们的财富，他们只想把我们从这个世界消灭。他们得逞了：光儿和我，以及寥寥无几的幸存者，我们为数少得可怜，再也无法回到过去的社会。他们是否也毁灭了其他和我们类似的社会呢？其他大陆上的国家，情况如何呢？那种人是否一概毁灭殆尽呢？

这是最糟糕的一种可能：现在已经是战后了，即现在这样，就是所谓的天下太平。

现在这样，就是光儿的未来。

我赶紧抛开这个想法，改去思考比较实际的问题：既然她要和我待在一起，那么她千万不能给我们惹麻烦。

“小姑娘，我丑话先说在前面，如果你想在这里住下来，就得按照我的规矩来！”

她奋力点头。

“规矩一：别吵，要保持安静。这应该是个很简单的规矩吧。很好。规矩二：不可以打开门或窗板，绝对不可以！就连小书房那排有点破损的窗板，你也不许碰，好吗？现在回想起来，就是因为那排窗板，我才会发现你在外面，不可思议吧，要不是窗板有破洞，你早就没命了……话题扯远了，重点是，一切都要按照原来的样了，不能让任何人发现这里还有人住，明白吗？”

她用力点了一次头，态度很坚定的样子。

“好。接下来，规矩三：卫生。你大概不认识这个字眼，所以姑且说：干净。这非常非常重要。你也看得出来，这里保持得非常干净，一定要继续这样下去。你也是，你也要保持干净。来吧，我们去楼上的浴室。我帮你煮一缸热水，你好好洗个澡吧！”

她一脸错愕，瞪大眼睛望着我。

“洗澡，你不知道洗澡是什么意思？就是用水和肥皂把自己洗干净呀！你现在脏兮兮的，全身都是泥巴和污垢！看看你这些指甲！我从来没见过这么黑的指甲！你们在下面都不洗澡的吗？”

她思索了一会儿，然后向我比了四根手指。

“四，你的意思是，四次？你是告诉我，你从小到大全部加起来只洗过四次澡？太离谱了吧！”

她举起一只手打断我的话，再度向我比了四根手指，然后模仿游泳的样子。

“不会吧……你从小到大游过四次泳，就这样而已？比我想象中还糟糕呀，拜托，游泳又不等于洗澡！天呀，天呀……不过，养成好习惯永远不嫌太晚，对不对？所以，等你把衣服脱掉，我会来收走，然后……喂，你可别当着我的面脱衣服呀！你是小姑娘，不能在男人面前光溜溜的，就算是我这种很老的男人也一样呀！你要先等我出去了，再从门缝把衣服扔出来，好吗？然后你进浴缸里泡一泡，麻烦你动作要轻柔一点，别把水弄得到处都是。记得用肥皂和沐浴手套，喏，这双新的手套给你，你自己专用的，然后像这样搓洗，明白吗？每一个地方都要搓干净哦！洗完以后，把身体擦干，就去睡觉。千万要把自己擦干，别把我的沙发弄湿哦！好啦，我先去忙别的，趁睡前来处理一下你的衣服，它们也需要好好洗个澡呢……晚安啦，小姑娘。身体洗干净了，也会睡得比较好，你待会儿就知道。”

我把光儿的衣服放进洗碗槽浸泡，然后用一把乳酪刨刀把一块小肥皂刨屑，直到刨出足够的丝屑为止。我真怀念仍有乳酪可刨的那段日子。

我知道今天半夜我仍会醒来，就像平常每一夜一样。到时候再来换水和肥皂好了。

≈

The little girl who looks for the light.

≈

单词和名字

洗完澡后，光儿开始很认真地把自己尽量擦干，就像老人所要求的那样。老人……她居然之前都称他“妖怪巨人”！小女孩很惭愧，她暗自发誓下次再也不犯这种错了，但这才发现，她不知道他叫什么名字。她当下决定，一定要知道他的名字，明天一早，她就问他。把自己擦干后，她按捺不住，奔跑着穿越了走廊，很大声地推开房间的门。老人吓了一跳，手上阅读的书掉落到床脚。他原本用另外两本书把一支小手电筒架在床头柜上，照亮他正在阅读的书。

“怎么了？你看到谁了吗？”

光儿见他神情慌张，便挥手安抚他。

“没有？谁也没看到？没事？那么小姐，请问你为什么跑来我房间？还全身光溜溜的！”

她用浴巾把身体包起来，在腋下扣住。她不明白为何老人这么看不惯赤裸这件事，因为在底下，天气不冷的时候，孩子们经常是赤裸的，尤其是她这种年纪较小的孩子。其他年纪比较大的孩子确实比较常穿衣服。她的结论是，大人不太喜欢看到别人光溜溜的。

“一直愣在那里做什么？到底怎么回事呀？”

光儿想知道他的名字，但她发现很难让他明白这件事。她抓了抓自己的鼻头，皱起眉头，随即灵机一动，想到办法了。她很兴奋地指着自己说：

“光儿。”

然后她把食指指向老人。她看到他笑了。

“这一幕，好像很久以前在电影里似曾相识呢！我泰山，你珍妮？”

光儿用力挥手表示不是，她不明白他在说什么，但那不重要，因为他没听懂她的意思。她重新又指了指自己，更平稳地清楚咬字说：

“光儿……”

然后她再指他，用食指尖戳了戳老人的胸口。老人高声说：

“啊，好，我懂了！”

光儿很高兴，她轻轻拍了拍手。

“你呢，你会说‘光儿’这两个字，所以你想知道我会说哪些字，对吧？噢，我会很多呢，让我想想：我会说鞋子、床、汤、瓶子……”

小女孩一脸失望，她向他表示他没弄懂。

“不过我也会说一些你不会的、很艰涩的字，譬如杜鹃花、同位素、羊皮纸……”

她又拼命挥手，但他似乎没发现她很激动。

“还有狼人妄想症、注解，而且注解不太好念，等你以后会说话了，看你念得清楚不清楚！我还知道别的哦，譬如拖泥带水、一文不值……”

光儿只好放弃了，垂头丧气，叹了长长一口气。老人开始呵呵笑，露出一排又白又亮的牙齿：

“别这样，跟你开个小玩笑啦！我当然知道你要问我什么！可是就算知道我的名字又怎样，你又喊不出来……”

光儿当场哑口无言。

“我有个提议：等你能说出‘光儿’以外的字，我就告诉你我的名字。这样好吗？”

她别无选择，只能接受。她知道这是老人好意给她的挑战，与其说是拒绝，更是为她开一扇门。她不再坚持追问。总有一天，她将开口说话，将会跟他说些什么，而这天，他将会说出他的名字。她真盼望这个时刻，期待她终于能够开口说话的奇妙一刻。

开口说话。

“另外，容我夸奖你一下：就第一次洗澡而言，你很用心嘛！你看看你，跟全新的一样！头发很美哦，又金又亮，还有皮肤，你瞧瞧这皮肤呀！我想都没想过可以这么白皙呢！啊，真的，好漂亮的小女生呀！”

光儿抓了一绺发丝，拉到面前：居然这么明亮有光泽，连她看了也很惊讶。说不上来为什么，但她很快乐，离开房间前还在老人脸颊上亲了一下，老人忍不住咕哝了几句。

她穿越走廊，正准备下楼梯时，赫然发现原本在一楼点亮的烛光不见了。想必是一阵风把它吹熄了。光儿顿时十分害怕。她无论如何都不愿自己一个人下去，所以只剩一个办法：回去老人的房间。然而，她不好意思又去打扰他。她正犹豫着该怎么办，忽然注意到床头柜的微光从门缝底下透出来。她不惜趴到地上，努力把握这微乎其微的光芒，并暗自期盼老人读得久一点，甚至睡着了也不关灯！

时间流转着，席地而躺的光儿，开始思考这个令她辗转难眠的问题：老人的名字。她知道自己还没那么快能接下老人的挑战，她还没准备好。那怎么办呢？答案不久便自动浮现：不妨来个有样学样，自己也替他取个名字吧！这真是个好主意！这么一来，她就得动动脑筋。时机很合适——她很久以前就注意到，动脑筋的时候，总能让她忘记恐惧和饥饿。那么，说不定替老人想个名字，能让她鼓起勇气自己一个人下楼去，把蜡烛再点亮？

该替他取什么名字好呢？在底下，那些小男生的名字，她都还挺喜欢的，譬如法兰西斯、以撒、亚奇、乔治……不行，这些都不适合他，必须再想想别的，想个他专属的名字。老人已不是小男生了，而是位先生。那么怎不干脆称呼他先生呢？不，这样不行，大人们睡前念给小孩子听的故事里，所有的人都叫做某某先生；而这某某，是他们的姓，而不是名……又回到原点了。或许她可以称他做爷爷，因为那些故事里，老人家经常被称做爷爷呀！不行，还是不行，所谓爷爷，是指她爸爸的爸爸，这一点她很清楚……唉，先生不行，爷爷也不行……那如果……对了！

如果称他做爷爷先生呢？

光儿对自己的杰作感到很自豪，立刻在脑袋里把它加以测试。她假想了很多种需要称呼他的情境：“早安，爷爷先生，你有没有看到我洗澡洗得多好，也擦得很干哦！”或是：“爷爷先生，你知道吗，我知道駃鞢[①]这个字哦，你呢，你知道吗？这个字很难念吧，对不对，爷爷先生？”又或是：“好吧，我们就把最后一罐开了，但纯粹是为了让你高兴哦，爷爷先生！”每一句，念起来都很顺口。光儿对她的爷爷先生很满意，决定就采用这个称呼。

然而，她的平静未能持续很久：一声轰隆巨雷打断了她的思绪，她这才发现，自己只顾着想名字，竟没发现门缝底下早已没了光芒。她猛地跳起来，慌慌张张摸索门把。

---

① 译注：原文中，光儿说了个似乎不存在的自造字egséchaise，中文姑且以无意义的冷僻字译之。

又来了。

又是阴霾，又是雷声。

又是那无尽的大雨。

我受不了了。我拼命抗拒，但狂风挟带而来的雨滴，汹涌打在窗板上。

袭来的每一滴雨水，都在我心中重现一个画面、一个声音。

历史又重演了。

那个雨天。

说不上来为什么，

但她很快乐，

离开房间前还在老人脸颊上亲了一下，

老人忍不住咕哝了几句。

≈

The little girl who looks for the light.

≈

还有那痛恨我们的大雨

那天大约上午十一点左右，我出门去买莉莎最爱的饼干——她隔天就将欢度八岁生日，凯特琳和我决定好好宠溺她一番。我篮子里装着满满的姜饼人，正走在回家的路上。大屠杀就这么展开了，事情说来就来，之前毫无任何征兆。一瞬之间，天地变色：前一秒仍是惬意美好的生活，下一秒却成了尖叫和死亡。马路上任何一个角落，放眼望去，尽是那种人在残杀男人、女人或孩童。那是一种超乎想象的惨绝人寰的画面。我不知道他们是从哪里冒出来的，怎么有办法在同一时刻一起行动，也不知道他们怎么能如此众多。简直像巫术，死亡占据了每一个地方。我很幸运，没有像某些人那样呆愣在原地，而是躲进几公尺外一家餐厅后方的厨房，躲在几级阶梯上的一个大垃圾桶里。我用垃圾覆满自己全身，免得他们其中有人跑来察看垃圾桶里面时发现我。一整天下来，有好一段时间，我一动也不敢动，喊叫声和枪响终于逐渐趋缓。

等到没有任何动静了，我微微推开厚重的垃圾桶盖，隔着一个小缝窥探外面。出现在我眼前的是大广场，四周大楼林立。我很喜欢这片大广场，凯特琳和我年轻时曾好几次来这里吃中餐，顺便在露天咖啡座晒晒太阳。此时此刻，这里一片混乱，几分钟内，陆续来了好几辆卡车。我看到几个八成是将帅级的那种人议论了一番，随即共同决定圈出个范围，示意要卡车司机们开始行动。车子熄火后，他们把车上承载的男男女女及孩童的躯体，倾倒并聚集在广场中央。我过了一阵子才意识到，这些躯体并不是死人，他们受尽凌虐，肢体残缺，但那种人刻意让他们存有一息。我看到那种人把躯体堆叠起来，任由伤者垂死挣扎，成一座血肉模糊、哀号不断的骇人小山。

我躲在大垃圾桶里，不敢相信自己眼前所看到的。我们到底造了什么孽，竟得遭受这种暴行？

时间流转着，但我相信它一定不愿意流转。假如时间自己能够决定，它一定也会暂停下来，阻止这些发狂的举动，并使雨水永无落下的机会。

因为，仿佛嫌人祸尚且不足似的，连老天爷也决定插手。天际响起一声雷后，第一滴雨水从苍穹那端奔腾而来，宛如利刃般加重折磨裸露的血肉。其中一名伤者发出了声音——已称不上喊叫，他已没有喊叫的力气——那只是从他口中消散出来的噩梦余音。

一秒钟后，成千上万的雨滴开始凌虐这些垂死之人，痛楚的悲歌愈来愈盛，望眼欲穿的死亡却迟迟不肯到来。

我紧贴着大垃圾桶底部，尽管盖子是关着的，且我双手用力堵着耳朵到了要压爆脑袋的地步，那刺耳的哀鸣仍犹如魔音穿脑。

我接连一天一夜，在垃圾桶底部，维持胎儿蜷缩姿势，等待雨停。早上，雨势依然不减，但万籁俱寂：死亡终于让躯体获得解脱，实属万幸。

世界便成了这副模样，还有那痛恨我们的大雨也是。

光儿把门推开，跳到床上时，原以为爷爷先生会抱怨，不料他只是把床被拉开，挪了个空间给她。

小女孩拉起老人的手，挽在自己身上，就像把自己裹进被子里那样。她没想到他竟发抖得这么厉害，这被窝明明很温暖。

雨势变本加厉，老人很用力抱住光儿。他居然这么努力让她有安全感，她很高兴。她能听到老人的心跳声。尽管四周没有任何光芒，她渐渐睡着了。

老人感觉到小女孩像以前莉莎那样窝在他胸口，忍不住回想起种种温暖的回忆，他的颤抖也逐渐平静下来。

≈

The little girl who looks for the light.

≈

梦境

这一夜，我梦到凯特琳。只要不害怕的时候，我便会做梦。

已经好几个月了，我一再梦到自己人生中的一些重要片段。经常听人说，人快要死的时候，会在一瞬间回顾自己过去的人生。我想，我应该是正在非常缓慢地每一夜死去一点。

这是我第一次看到好几个片段连接在一起，仿佛这场梦交织了我人生中三个短暂却至关重要的阶段。

我首先看到我们婚礼上的最大败笔，那一刻把整场仪式的假象彻底戳破：我们的父亲对彼此动粗。来宾们陆续就座，前菜才刚上，凯特琳的父亲和我的父亲便打得不可开交，因为他们政治立场不同，他们出身背景、身材和脾气也南辕北辙。之前，两家人几次相见时，我们便已感受到他们互看彼此不顺眼，但谁料得到他们的分歧竟会表现得如此露骨，尤其还是在这种场合？

不得不说，没有人看好我们的婚事：大家嫌我们还太年轻——其实我们两加起来也快四十岁了；又嫌我们交往的时间太短——好歹已足足一年了。除了普遍不看好之外，酒精宛如火上加油……从仪式开始到正式上菜的漫长等待中，大家喝了一杯又一杯的酒。然而这也不能怪凯特琳没有遵循我的雅波罗妮姑姑得意的婚礼开胃酒秘方：鸡尾酒里绝不掺酒精，如此一来，大家都会赞叹说："哇，这酒真好喝，一点酒味都没有！"不但能被夸奖，还能让来宾们不至于太失态，至少能撑到上甜点。不过武斗终究于一句"你如果是男人，就当着我的面再讲一次"后爆发，且前后只持续了十多秒而已——挥了不过三四拳，其中半数未能命中目标。但婚礼气氛已彻底毁了，凯特琳和我离开仪式现场，回到我们小得不能再小的套房。在任何一举一动都会引发嘎吱声的弹簧沙发床上，我们手牵着手，一起吃冷掉的鸡腿。我们还不到二十岁，但已经成婚，而且幸福甜蜜。

这个场景告一段落，我的梦境往前倒推约六个月——那是我们订婚的时候。凯特琳还没毕业，我的钢琴演奏生涯则正起步，收入十分微薄，只勉强够付我们小家的第一个月房租。那是一间很糟糕的小套房，两个月后我才发现我们的租金几乎是市价的两倍。我们经济拮据，却未向父母拿钱。我的父母愿意帮忙，却无能为力；凯特琳的父母有能力，却没有意愿——这也成了日后婚礼上导致拳脚相向的诸多心结之一。打从我们一开始交往，我便是以结婚为前提，心意是很坚定的。我不曾向凯特琳说过什么，但我们初吻后的第六个月那天，庆祝时，我把我祖母留下来的戒指送给了她。我还制作了一张假羊皮纸，刻意把纸张边缘烧出焦痕，在上面写了一首情诗，然后卷起来，用戒指套上，小心翼翼地先藏起来。距离那个大日子还有一个多星期。某天凯特琳手里握着羊皮纸把我叫醒。

“我刚发现你的礼物了。好可爱，简直跟真的羊皮纸一样！”

“哎哟，你怎么可以乱翻东西？”

“这不叫乱翻，这叫打扫。也许哪天你也该练习一下！”

“你应该要假装没看到，这可是个惊喜呀！”

“你也知道我一定撑不到下星期。”

“也对，好啦……可是戒指呢？”

“什么戒指？”

“戒指去哪里了？”

“在它该在的地方呀！”

我一头雾水，一时不知该说什么好。她露出笑容，随即伸出左手：戒指就套在她的无名指上。

“你应该要等我亲手送给你才对。这样不太浪漫呀……”

“我不需要浪漫，我只需要这枚戒指。我愿意。”

然后凯特琳拥吻了我。

这一吻逐渐消散，我的梦境再度往前倒退了六个月，那是凯特琳和我在我学生宿舍的床上，第一次做爱。过程不长，但很激昂；有些笨拙，但很深情。

我的梦境最后便停留在凯特琳和我的这些美丽画面上，我们还那么年轻，却无比恩爱。

这一夜，光儿梦到在一夕之间，她把地下室所有的存粮通通一扫而空。那真是个很棒的梦。

早上，小女孩醒来时，床上只剩她一人。她寻找自己的衣服，才想起已被爷爷先生拿走。她用棉被裹着身体，去楼下找他。下楼梯时，她特别留意别被拖得长长的棉被绊倒。有那么片刻，她幻想自己是新娘子，是个小公主，就像在底下时，艾莉西亚念给她听的童话故事那样。随着她穿越走廊，愈来愈接近客厅，她听到一种奇怪的声音，是一种不规则的吱吱声。她这才发现声音来自于爷爷先生手上捧着的一台仪器，他凝视着它的眼神出奇的专心。她在他身旁停下脚步，轻轻把肩膀贴向老人的肩膀，然后就此静静不动，因为她感觉到他十分专注。

“你听到没？收音机出现嘶嘶的声音，好像有什么动静。这么多年来，这是我第一次听到。仿佛某个地方传来某个什么小讯号……”

他旋转仪器的滚轮，声音愈来愈大声，又忽然什么都没了。于是他把滚轮非常快速往另一个方向旋转，重新仔细搜索整个波段，寻找那个讯号。

“还是很不可思议呀……”

相同的步骤，他又重复了好几分钟，最后终于关掉老旧的收音机。他摸了摸光儿的头，问她昨晚睡得好不好。

“怎么这么早起来？你看起来根本还没睡饱呀！”

光儿打了个哈欠，向爷爷先生伸出双臂。

“啊，什么？你要给我一个亲亲？好，亲一下。来，我也给你一个亲亲。这样可以吗？”

他打量了小女孩一番，随即对她微笑。

“你很棒呀，没有光溜溜就下来，但身上总不能整天包着棉被，你的衣服又还没干……先回房间等我，我应该能找出几件适合你的衣服。”

光儿回到楼上，乖乖坐在床上等待。

过了几分钟，爷爷先生出现的同时，带来一条天蓝色裙子、一件黄色T恤和相称的背心，以及一双亮皮小皮鞋。

“我想，这尺寸你应该能穿……等你穿好了就下来，我来替我们沏壶茶。”

光儿一面穿衣服，一面忍不住对它们的美赞叹不已。颜色很漂亮，没有任何破洞，而且闻起来有肥皂的香味！皮鞋有点紧，但好黑好亮呀！看来，爷爷先生的房子里，想要什么就有什么……

着装完毕后，她走向走廊，正要步出房门时，从眼角余光瞥到有东西移动。她立刻停下来，倒退一步，又感觉到有东西在动了。她转过来，发现门后面，有一面被门挡住一半的大镜子，镜子上盖着一块大白布，只有一小部分镜面露出来。她把白布掀开，眼前出现一面相当大的活动式全身镜。以前在底下也有镜子，但要么很小，要么是破碎的，通常多半是又小又碎。这面镜子是她的两倍高。她退后、前进，并转身，欣赏自己一身漂亮的衣裳和又金又亮的长发。这片椭圆形镜子所映出的，不是童话故事里的小公主，而是个真正的小女孩，就像她在底下的书中或照片上看过的那样。

一个战前的小女孩。

很美。

光儿陶醉得忘记饿了。镜子映出的身影令她着迷不已。她仿佛看到了，如果不曾发生战乱，她有可能成为的那个小女孩。她知道，那些大女孩以前生活在地面上时，曾经体验过这种生活，她们从来不用害怕，因为到处都有光亮，只要按下开关就行。而且没有人需要出去寻找食物，到处随时随地都有东西吃。

“你要下来了没？”

声音轻得简直听不见，但足以把光儿从思绪拉回来。她很高兴自己能打扮得这么漂亮，也急着想尝尝爷爷先生所说的那个茶，便把镜子罩回去，跑着穿越走廊，从楼梯匆匆冲下楼来。到了楼下，爷爷先生所展露的表情，她在这短短一阵子内经常看到，因此愈来愈明白其意思：他不太高兴。

“你疯了吗，跑什么跑呢？首先，在屋子里不可以用跑的，这是很基本的生活规矩。再来，不可以在楼梯间奔跑，因为小姑娘呀，万一你跌倒，摔断了骨头，你以为它能自己好起来吗？最后，我真不懂一个像你这么娇小的女生，跑起步来怎么能够这么大声，我还以为有恐龙从我家楼梯下来呢。你知道什么是恐龙吗？”

她点点头。

“哦？真的吗？”

光儿不但知道什么是恐龙，还非常害怕恐龙。以撒是个她以前还挺喜欢的大男孩，因为他从来不会打她。他在底下，曾有两本关于恐龙的书。他拼命抗拒，才保住了那两本书，让书的纸张不至于沦为擦屁股的卫生纸。以撒给她看了很多这种奇怪动物的图片，还告诉她，这种蜥蜴有一些是很大很大的，比房子还高呢！光儿听得半信半疑，但以撒拍胸脯保证是真的。再说，他某次违反规定，白天出去时，曾亲眼见过。他还说，大只的恐龙最爱吃小女生。这可吓坏了她。所以听到爷爷先生说，以为有恐龙从楼梯下来而感到害怕，她完全能够理解他的心情。

“嗯，好吧，再提醒你一次，规矩一：不可以吵。我说最后一次：你必须记得保持安静。也就是说，随时都要安静。”

他竖起食指，每念一个音节，手指就点一下，加重语气。之前他和她约法三章时，也曾比出这种手势，光儿明白这是很重要的。

“不然，你也知道那种人可能会发现我们，来杀了我们……明白吗？”

她大大点了个头，表示明白。她也很有想要明白的动力，因为她好饿哦。

“好，我相信你，以后就看你的表现咯。来，喝点茶吧。我很想给你喝一喝牛奶，但茶的优点就是，能长期保存。”

光儿有点失望，因为这茶不是用吃的。尽管如此，她仍把茶碗凑到嘴边。才喝第一口，苦涩便令她蹙眉。她随即感到自己口腔上颚仿佛变得又干又粗。

“怎么，不好喝吗？那就加点糖吧，倒也不必绷着一张脸呀！好点了吗？很好。茶呢，热热地喝最好喝。你在下水道喝过热饮吗？没有？噢，真可怜……你是说，你从来没有像小朋友一样吃早餐吗？有牛奶、热巧克力和饼干那样？噢，小可怜！等战争结束了，你等着瞧吧，把饼干浸到牛奶、茶或咖啡里，多么美味呀……那是有学问的，是大自然的一种奇迹！过程中，最困难的就是拿捏浸泡饼干的时间。如果不够久，饼干泡得不够透，还会脆脆的，那样就失去浸泡的意义，连饼干本身都变得了无生趣；反过来，假如浸泡太久，那就是悲剧一场，它会分崩离析。你知道分崩离析是什么意思吗？意思是它会解体。算了，用什么字眼形容并不重要，总之，饼干会变得烂烂的，唯一剩下的办法就是用小汤匙，勉勉强强很遗憾地把残存的碎片打捞出来。幸好，这种饼干过度浸泡的悲剧，或许有物极必反的契机，也就是成了浸泡彻底的饼干，从碗里到嘴巴的这段路程，还让人担心它是否会在半途分崩离析，因而危及刚穿上的干净裤子或衬衫，但没有，浸泡完全的饼干能够一体成形地抵达嘴巴，并瞬间如奇迹般在舌尖化开，释放出无穷的幸福。如果能把浸泡饼干的本事练到炉火纯青，那绝对是幸福之人呀！”

光儿一脸茫然得不能更茫然了。

“你这表情是什么意思？什么？该不会……别告诉我，你不知道什么是饼干？噢，天哪，我的天哪！”

爷爷先生双手抱头，显得相当激动。看到他这个模样，光儿觉得很好玩。她知道他也觉得很好玩。

“没了饼干，童年哪还能称得上童年！记得在你战后优先待办事项的清单上，加上‘用一碗热腾腾的牛奶泡饼干吃’这件事。不过现在想起来……你并没有什么战后待办事项的清单呀！我们就来列一张吧！”

光儿打了个哈欠，

向爷爷先生伸出双臂。

“啊，什么？

你要给我一个亲亲？

好，亲一下。

来，我也给你一个亲亲。

这样可以吗？”

≈

The little girl who looks for the light.

≈

战后的清单

老人扶着腰杆子站起来，拉开大柜子的抽屉，拿出一支圆珠笔和一本线圈笔记本。他撕下一页，写上战后所有该做的事，字的下方再画两条横线加强。

“让我们瞧瞧，清单上该列什么好呢……第一，开口说话，这是一定要的。第二嘛，刚才说过了，用热巧克力浸泡饼干。第三呢，这个嘛……吃糖果，糖果这种东西，我先卖个关子，就当做是你的惊喜，你一定会很喜欢。对，对，是一种可以吃的东西，而且以我对你的了解，你每天起码要吃上十颗才会过瘾，可要当心牙齿哦！嗯。接下来是第四，认真刷牙，不，等等，这一项放到最后吧，姑且当做第二十。第四呢，该是在草地上打滚才对，这种事情每个小朋友一辈子至少该做一次，就像跳踩水洼一样。做这种事情的时候，感觉真自由。还有呢？要列什么，你也帮我出个主意吧！稍微总结一下，你已经说过话，打过滚，吃过东西了，啊，对了，你还要学会爱呀！第五，爱，你知道是什么意思吗？你认得这个字吗？”

光儿认得这个字，因为以前在底下，她听过大孩子们说他们彼此相爱，但她不太确定爱是什么意思。嘴对嘴接吻吗？她模仿给爷爷先生看。

“不是的，爱一个人不是这个意思！接吻确实是相爱后一种可能出现的结果，但得等你长大以后，要注意呀！爱一个人，不只是这样的，而是……唉，我忽然变笨了，不知道该怎么用简单的话解释给你听。姑且说，爱一个人呢，就是希望能常常和对方待在一起，和这个人分享一些事情，一起笑、一起聊天、关心彼此、一起做一些各种各样的事，重点是，希望这个人能幸福快乐，希望不好的事情永远永远不要发生在他身上。你明白了吗？好，那我们继续往下列吧，一共有二十项哦！我们得快马加鞭了，你听过这个说法吗？”

想出二十个项目，花了不少时间，过了好几个钟头，他们才列完清单，中间只休息过两次。第一次是因为光儿一脸可怜地指着自己的肚子，爷爷先生让步了，开了一罐蒜味番茄意大利面，光儿吃得不亦乐乎，忍不住央求他再开一罐。

“你真的觉得这么好吃？孩子呀，你一定得尝尝真正意大利大厨亲手料理的面，比这个更好吃一百倍！从此以后，再也不想吃别的了！”

光儿努力想象比这个更美味会是什么滋味，但完全想象不出来，于是向爷爷先生表示，请他立刻在第十六项记下吃意大利大厨亲手料理的蒜味番茄意大利面，但这才发现，她不明白意大利大厨是什么意思。

第二次是爷爷先生提出的。他发现列清单尽管是个好主意——它能帮助光儿对未来有所期许，而且总得找点事情做，却忘了考虑一个不容忽视的问题：小女孩不识字。

其实，当初只差那么一点点。在底下，年纪最大的女孩艾莉西亚曾试着办学，对象是年纪最小的六个孩子，其中包括光儿。她总是把小孩子们聚集到一条安静的通道，把光打得很亮，希望教他们学会数数和识字。起先，他们透过有关恐龙的那些书籍来学习字母；但某天起，以撒不肯再把书借给他们，因为有个小男孩呕吐在其中一本书上，还是吐在以撒最喜欢的双面彩图那一页，最后不得不忍痛撕掉十几页，包括他最喜欢的梁龙那一页。接下来几天，小男孩仍吐个不停，最后因此死了。光儿只来得及学会在心里数到三十，和认识A、B、C、D、E、F、G、H、I和J这几个字母，后来大孩子们便投票表决废除教学。大多数人都喜欢艾莉西亚，也愿意让她继续教学，但伍拉狄米身为投票的主席，他的一票相当于十票，他认为教学一点用都没有，还会占用寻找食物的时间。

光儿从来就不喜欢伍拉狄米，每次都是他打她打得最用力。要不是他，她一定可以学会数更多数字，说不定可以数到一千，而且也就能看懂爷爷先生列的清单。

“想到办法了！我来替你在每个项目旁画个小图，好吗？这样，你就认得了！”

在“一”的旁边，他用铅笔画了个张开的嘴巴。正下方，在“二”的旁边，他着手绘一个碗。光儿看得啧啧称奇：爷爷先生画得相当好呀。

“喜欢吗？你果然有眼光，我底子还不错，画出来还像个样。年轻时，有一段时间，我曾犹豫要往音乐还是往美术发展。不过当然，你完全听不懂我在说什么。”

他一面把话说完，一面在碗的上方加上三条细曲线做结尾。

“这是热牛奶所冒的热气，看到没？因为浸泡饼干，要用热腾腾的牛奶才行！然后，第三，我来画草地和……等一下，我看不太清楚。你知道吗，这下子不得不画小图，原先没有考虑到这一点呀！我的眼镜哪里去了？好了，一个小女孩躺在草地上。还想要什么？你要我画长头发？好，你说得对，这样看起来像个小男生，画了长头发以后，至少就认得是你了。喏，我顺便替你画耳朵吧。你觉得如何？别板着一张脸，没有啦，你耳朵没有这么大，只是开开玩笑嘛！好啦，把耳朵擦掉，高兴了吗？天啊，你真小心眼，果然是个姑娘呀！”

图通通画完后，爷爷先生把纸递给光儿。

“你要把清单收藏好。等战争结束，这些事你通通要去做哦，打钩钩？喏，这支铅笔也给你吧，每完成一件事，就把它杠掉。哪个部分听不懂？杠掉？杠掉的意思就是用铅笔把它划掉。譬如说，我来加个第二十一项，像大胃王那样大吃一顿。这个，你已经做到了，没错吧？”

光儿笑着点点头。爷爷先生涂了好几笔把这一行划掉。

“好啦，完成了，我们把它杠掉了！你明白了吗？”

小女孩再度点点头，把老人手中的铅笔拿过来。她把一根手指放在清单的最底端，逐渐往上滑动，缓缓经过每一个小图；最后，她停在“五”旁边那颗小小的心上面。她把笨拙握着的铅笔挪过来，把爱这个字杠掉。

“莫非你以前在下面有小男朋友吗？”

光儿摇摇头并耸耸肩，随即踮起脚尖在他脸颊印上一吻。

老爷爷让小女孩把想做的20件事写在纸上，

做完一件就划掉一件。

小女孩写下：好好爱一个人。

然后把这件事划掉了。

老爷爷问：你是不是有个小男朋友了呀？

小女孩摇摇头，然后踮起脚，

亲了老爷爷一口。

≈

The little girl who looks for the light.

≈

爱、希望与认命

我辗转难眠。微弱的收音机讯号令我心神不宁，尽管我答应自己，为了节省电池，天亮以前不再开收音机，但这根本不是个好主意，它看似理性，其实更令我心烦气躁。

失眠害我更加焦虑，我尽量不要动来动去，因为光儿已经不再睡沙发了。她睡得相当好。为什么这件事对我的影响这么大？说不定那吱吱声只是杂讯，为什么我的反应如此强烈？都经历过那么多了，我是否对仅存的余生仍有期盼？为什么从爆发战争的第一天起，我就出现那种反应，怎么会想到要跑去躲在大垃圾桶里？我看到大多人都是愣在原地之后丧命。我到底和他们有什么不同？

或许我的情感强过理智，凭的是直觉。我向来认为自己是个感性的人，是个情感丰沛的人，或许我只不过是个原始低等的动物罢了。我大概只是条老狗，用尽自己最后的本能，盲目地寻求苟活，而且还对此浑然不觉。不然，哪还有别种解释？为什么我没有坐以待毙？为何不随波逐流，不助长人类的隳败，让人类彻彻底底灭绝？

在凯特琳和亚贝托之后，我从来就不明白为什么自己仍继续活着。在莉莎之后，我从来就不知道自己哪来的动力前进。那些如鼠辈生活在地底下的孩子们呢，他们为什么还活着？何必做困兽之斗？何必这样大费周章继续苟活？

或许，继续活着，是因为有爱，或因为有所希望，不过这两者几乎可说是相同的。有时候，继续活着，是因为放弃了。

爱、希望和认命：逼迫我们继续活着的三大恶源。

我很久以前就认命了，经常等待死亡到来。但每当看到这小女孩躺在这里，每次替她把棉被拉到红扑扑的脸颊下方，看到她在睡梦中微笑，仿佛在梦中拥抱着什么，我就不禁纳闷心中是否又悄悄萌生了希望。为了她而萌生的希望。

那是个小小的活下去的理由：最后再一次。

光儿在做梦。她把双臂伸向一个有着橙黄温暖色泽的形体。她闻到淡淡的芳香，用尽全力拥抱那个形体，仿佛看到自己小小的手指伸入卷卷的长发。

是个女人。还有很多的亲吻。

接着她又看到别的颜色，看到一双健壮的手把她抱起来，抛向云端。她从天际落下，那双手又接住她。她有点怕，却笑得很开心，她想再飞一次。

是个男人。还有很浓的爱。

光儿渐渐苏醒。随着她逐渐醒来，画面和声音又藏回记忆的深处，很快只剩下些许感受而已。

然后是一片黑暗。

我看了看手表：五点三十三分——也可说是快要六点了。以前有很多上班的人在这个时间起来，所以完全可以说现在已经是早上了。我信守了对自己的承诺，现在可以下床了。

我太迫不及待了，想直接一步一阶梯下楼。才下第一阶，我就放弃了这个念头，乖乖握着扶手，两步一阶下去。

我取来收音机，深深吸一口气，屏住气息，才把旋钮转开。我手指间的小扩音器发出和昨天相同的声音，仔细一听，感觉更清晰，也更有起伏变化了，甚至好像听到了别的东西，也许不是说话声，但至少像音符。我把整个波段搜索了好几遍，然后把收音机关掉。我深信明天和接下来几天会听得更清楚。多年来，我的直觉第一次有了正面的盼望。我开始幻想可能会接收到的讯息，幻想了好几个钟头，那讯息可能告诉我们，一切都结束了，我们可以出来，到马路上，和所有人相拥了。说所有人，是因为我一厢情愿想象我们这种幸存者能有成千上万个，生活又能继续了。当然，无法再回到从前，但大方向是相同的，好比高速公路接到泥土小径那样，换成一个比较俭朴的从前。

我听到光儿起床的声音，便替她热了一罐她最爱的意大利面。夜里，我决定该是教她使用餐具的时候了，因此在她的盘子两侧放置刀子和叉子。坐定位子后，她向我表示，从今以后，她也跟我一样了，而显得相当高兴。但我很快就发现，意大利面不太有利于初学者，所以把学习延后到中餐时间。

出乎我意料的是，她应付得很好。她动作有点缓慢，因为这些新工具需要特别费心，但当天晚上，她拿起叉子已经驾轻就熟。刀子滑出餐盘好几次，但无伤大雅，我也打从心底夸赞了她好几次。可能太多次了，因为她见我兴致这么好，便想表现给我看她有多厉害，把叉子放进嘴里时用力过猛，结果挫伤了上颚。她当场哇哇大哭。

“噢，是啊，丫头，要轻一点呀！嘴巴张开，我看看。没事，放心，没怎样！把眼泪擦一擦，别因为这种小事就丧气，你很聪明。好聪明哦，所以你知道吗，我要送你个礼物！”

我要她先闭上眼睛，她乖乖照做。我故意等了几秒钟，就像之前和莉莎那样，因为她一定会忍不住睁一眼偷看。但光儿没有偷看。

我打开壁炉旁的大箱子，心头有点酸酸地，把礼物递给她。

“你可以看咯！”

一见到那洋娃娃，光儿简直不敢相信。以前在底下的玩具当中，确实有几个洋娃娃，但没有一个能和这个相比。

她的第一个也是唯一的洋娃娃，是艾莉西亚送给她的，光儿高兴得不得了，也不知为何，把它取名为妈咪。妈咪总共就只有身躯、左手臂、右腿，和一个残缺不全的头……它身上可勉强称作衣服的，只有一件破破烂烂的短袖连身短裤。它从此成为光儿最好的朋友，后来却离奇不见了。她相信一定是伍拉狄米或他的跟班安东尼搞的鬼，害她伤心了好久。

爷爷先生递给她的这个洋娃娃，不但四肢齐全，还有着一头又金又卷的漂亮长发、粉红色的脸颊，和一件干净整洁的提花格子洋装。她小心翼翼地把洋娃娃接过来，放在自己腿上，这才发现漂亮妈咪躺平时，眼睛会闭上，仿佛睡着了一样。

太神奇了。

光儿把洋娃娃紧紧搂在怀里。这下子，她不但有爷爷先生，还有一个新的好朋友，这就是世界上最棒的事了。

这个洋娃娃，凯特琳和我原本打算作为莉莎的八岁生日礼物，是我们好几个月前买的。我起先不太愿意，因为莉莎都要八岁了，洋娃娃显得有点过时，不符合她的年纪，再来是因为小孩子的喜好说变就变，等到她生日前几天再挑礼物也不迟。凯特琳却信誓旦旦地说，很难得遇到这么漂亮的洋娃娃，还说这个精致的小珍品可是出现在一间古董店的橱窗里，而不是什么大卖场的货架上。最后她使出杀手锏，说八岁生日对一个小女孩而言，是非常特别的——我简直敢发誓，同一句话，我已经连听三年了。一回到家里，凯特琳费尽心思把礼物藏好，因为她知道莉莎有时喜欢到处乱翻。

她藏得太好，连我都忘记它的存在，就这样一直到我从大垃圾桶爬出来的那天。

亦即那个雨天的两天后。

或许，继续活着，

是因为有爱，

或因为有所希望，

不过这两者几乎可说是相同的。

有时候，继续活着，

是因为放弃了。

≈

The little girl who looks for the light.

≈

清理过的房子

梦境结束的那一刻，才会猛然发现自己已与现实完全脱节，也是在那一刻，现实如暴风般席卷而来。我的噩梦持续了近三天后，现实才来大垃圾桶底部找到我，并将它的利爪插进我肺腑。思绪、感受……一切就像一记重拳打在我身上。口渴和饥饿感……我对凯特琳、亚贝托和莉莎的担忧，终于把我从大垃圾桶里拉出来。

在我四周，只剩一片荒凉和死寂。我从来不觉得空虚的感觉如此慑人，仿佛连死亡也遗弃了这个地方。在尸横遍野的马路上，所有的购物中心、店铺和民宅都空空荡荡。走了几步路后，我决定，在踏上回家的这一公里路之前，还是得先喝点水。我随便走进一栋公寓的一楼，注意到两户人家敞开的大门上漆着红色的X。第一户里空无一人，我喝掉了在客厅桌上找到的半瓶矿泉水；第二户里有一男一女，是一对年轻夫妻，已遇害身亡，男的被割破喉咙，女的则被开膛破肚，那画面惨绝人寰，恶臭令人难耐。尽管如此，我仍在他们陈尸的室内，吃掉两颗大番茄。这两个年轻人只是个开端，一整天下来，我进入了十多户人家，陆续看到许许多多尸体。一路上，我到处找有没有被划上红色记号的门——完全没有。不用想也知道，这些X的意思是任务已完成：这房子已清理完毕。

说是说清理，每一户屋内墙上尽是血迹和尸块。住户无一幸免，通通惨遭毒手。我现在唯一的愿望就是我的家人能有善终。我低着头，眼睛直盯着地面走向我家，衷心期盼奇迹出现，让我能看到一道没有记号的大门，但愿我家是唯一一户被那种人遗忘的住所，不是因为他们故意的，而是巧合，刚好遗漏了，或跳过了一个门牌号码，即我家的门牌号码。

我抬头望向我家大门，那个X就在门上。它看起来比别户人家的都大，它的血红色也显得更深。爬上门口的三级台阶时，我看到入口客厅里，凯特琳的遗体倚靠着墙。我跪在地上，难以呼吸，却发现我妻子很幸运的是一枪毙命。以她这个年纪，他们对她没兴趣……我为凯特琳美丽的遗体痛哭了好一阵子，她享寿七十二岁，罹患过两次癌症都幸存下来，最后竟是心脏中枪，死在我们自家里。只不过是几克金属扯坏了一点血肉，你的世界却从此走样。

经过一段可能是几分钟也可能是十个钟头的时间后，我走进家里，唯一希望的是看到我儿子和孙女的遗体，也能够……姑且说……像样吧。亚贝托陈尸在客厅里，趴在电视机基座边。他的右腿以很奇怪的姿势压在身体底下，仿佛卡住了似的。我居然冒出个念头，认为他这个姿势应该不舒服，于是我把他的腿拉直放好。

我直到看见儿子凹陷的头骨，才真正开始替他难过，才心想我愿意付出一切让他后半辈子不用做事，只要快快乐乐看电视就好。我一直到他死了，才惊觉我有多爱我这个不完美的孩子。

我想，最艰难的一关还在后头。在其他户人家里，年纪愈小的女孩，身体被蹂躏得愈严重。我很害怕，不晓得发现莉莎时，她会是什么模样。但结果更糟，我遍寻不着她的踪影。

我们的莉莎那么漂亮，一定被他们带走了。完了，一切都完了。

我的一颗心都已经停止跳动了，我居然仍能活在这世上。

我回到大门口，抱着凯特琳的遗体许久，也在她身旁躺下来，直接躺在地上，等着那种人也来取我的性命。我累得睡着了。几个钟头后醒来时，我睁开双眼，目光落在门口柜子下方的空调老管线上。在厚重铸铁栅网后方，一些奇怪的颜色吸引了我的注意力。我伸长手臂，把旋转式的栅网推开，从管线之间取出一个包装好的礼物。我撕掉包装纸，洋娃娃立即映入眼帘，干干净净且完好如初。这个早已被我遗忘了的洋娃娃，让我想起我们原本打算昨晚把它送给莉莎。一家四口之所以聚在一起，是为了在二十四小时前，替我们的小宝贝庆祝八岁的生日，结果其中两人命丧黄泉，还有一人窝在垃圾桶里，至于莉莎……我连想都不敢想，但愿她已经死了。

我瘫在地上，又等了那种人一会儿；然而，再也没有人踏进我的家园，想必是拜大门上的记号所赐。

这是个清理过的房子，是个不值得一顾的房子。

光儿带着漂亮妈咪参观家里，用她们都具备的本领“心电感应”，向漂亮妈咪描述每一个角落，一面提醒漂亮妈咪，这间屋子里的一切多么漂亮和干净，每一个房间都整理得井然有序、一尘不染，每一个东西似乎都摆在该摆的位置，不该随便乱动，就像爷爷先生喜欢的那样。

小女孩展开这趟即兴导览的同时，才发现尽管之前有的是时间，这却是她第一次认真探索这间屋子。或许她的脑袋不再忙着寻找光亮，或许她终于能把一部分精神用在别的事情上，譬如多花点时间端详平滑无比的白色和灰色的墙面，端详挂在墙上的画作——包括她觉得很美的几幅描绘自然风景和树的，还有她看不懂的几幅只有零星几个色彩不明的色块的。她在楼梯左侧的橱窗柜前驻足许久，给漂亮妈咪看柜子里收藏的一排又一排猫塑像，最大的放在上层，中等的在中层，小的在下层。其中有一些真的非常迷你，光儿很纳闷这么小的玩具要怎么玩。

到了楼上，光儿推开爷爷先生房间的门，把大镜子的罩布拉开几秒钟，让漂亮妈咪看清楚自己是个多么美丽的洋娃娃。她还打开两个衣柜的其中一个，里面有约莫十五件用夹子衣架吊着的裤子。她没想过，在底下的夹老鼠架，居然原本是用来挂衣服的。

参观完浴室，光儿在走廊尽头的那道门前停下脚步。她发现自己从来没打开过这道门，不晓得门后面会有什么。

好奇心驱使她将一只手放到门把上。

“请你别开。”

光儿吓了一大跳。她完全没发现爷爷先生在她背后。

“对不起，吓到你了？”

小女孩表示没有，一点都没有。

“那就好，请你别进这个房间。”

光儿感觉这个地方对爷爷先生非常重要。她很想为了自己这么好奇且惹他不高兴而道歉，结果这才发现，自己之前从来不曾向谁道歉过。她不知道这种事该怎么做才对。必须说，她以前从来没有时间思考这种事，在底下的时候，别人总是不分青红皂白地毒打她。这是她第一次有时间考虑这个问题，但她实在不知道该怎么不借由说话而道歉，只好号啕大哭。

“乖哦，乖，没什么大不了的。你应该也知道，我花很多精神维护这个房间，我不希望你弄坏什么，就只是这样而已。也许以后有一天，我会让你进去看看。”

爷爷先生温柔的口吻让她放心了。她抹了抹眼睛，用上衣的袖口擤了擤鼻子。

“噢，天呀……我要假装没看见，并送你个小礼物。”

光儿好奇之余，不得不掩饰自己的失望，因为爷爷先生只是拿出一小块布而已。到目前为止，他太宠她了，礼物总是一个比一个令人惊奇。

“这叫做手帕。从今以后，只要是从你鼻子出来的东西，就用它来擦，懂吗？通通要用它擦哦！”

光儿点点头。她知道有很多事情她不明白原因，对爷爷先生却很重要。很快地，这些事情对她也变得很重要。她一次又一次地努力让他感受到，她已愈来愈不再是从前那个下水道里的小女孩了。

“请你现在马上擦一擦，擤！很好，擦干净。好棒。对了，你刚才正在参观整个家，对吧？我猜你一定没有注意到，有个东西一开始就从你眼皮子底下溜走！”

光儿不禁把手伸向脸，拉弄自己的眼皮。

“不是啦，这只是一种说法而已！你眼皮子底下没有东西！”

他被逗得哈哈大笑，光儿觉得自己好傻，轻轻耸了耸肩。

“我不是在嘲笑你，你知道吗，只是你还有好多好多东西要学呀……不过现在我们先下楼去吧，你一定会很惊喜！”

“我猜你一定没有注意到，

有个东西一开始就从你眼皮子底下溜走！”

光儿不禁把手伸向脸，

拉弄自己的眼皮。

“不是啦，这只是一种说法而已！

你眼皮子底下没有东西！”

≈

The little girl who looks for the light.

≈

最美妙的声音

爷爷先生牵着光儿的手，光儿重拾笑颜。到了客厅，他们停在每天用餐的桌子前。

“你不觉得这张桌子怪怪的吗？”

光儿没有反应。

“问你哦，你们以前在下面，总有桌子吧？”

光儿点点头。他们在底下有桌子，但小很多，重点是，形状不一样。小女孩用双手比了个方形，又比了个圆形。

“没错。桌子通常是长方形、方形或圆形，这张桌子却是不规则形。你知道为什么吗？因为我们每天用餐的这张桌子，其实不是桌子。这客厅里以前有过一张桌子，但我不得不把它拆了，用桌脚去挡住后门。从那时起，我都在这上面吃饭。我也承认，在这上面吃东西实在很不应该。你知道它是什么吗？”

光儿瞪大眼睛，摇了摇头。于是她看到爷爷先生小心翼翼，把桌上的篮子和小蜡烛台移开，拉起桌巾的一角。他凝视着她。

“准备好了吗？”

他没等她回答，直接以戏剧性的手法把桌巾抽掉，秀出一个黑色漆亮的平面。这东西好美。光儿用手心轻抚这平面，没想到居然这么光滑细致。

“这是一架钢琴，一架三角钢琴。你知道什么是钢琴吗？不知道？至少你知道什么是音乐吧？”

知道，光儿知道。她在脑袋里知道好几首歌，而且底下有个男生会吹口琴和弹吉他。后来这段时间，他只吹口琴，因为吉他的弦都断了。她用手势比出这两种乐器。

“啊，原来这位小姐很内行呀！看你这个架势，会以为你是大音乐家呢！总之，我很高兴你知道什么是音乐，且认得几种乐器。那我就能跟你谈谈钢琴了。嗯，从哪里说起好呢……不然我们拿动物的世界和乐器做比方，好不好？大家都说狮子是万兽之王，在许多方面确实如此，那么你就知道，钢琴是狮子中的狮子。就这么简单，讲完了。钢琴不只是乐器之王，还是乐器中的皇帝，是至尊。其他乐器连它的脚踝都不到，就算是两军团的口琴和吉他，也敌不过这一架钢琴。单单一架钢琴就能道尽人生。你看。”

爷爷先生把键盖掀起来，露出琴键。

“这些是音符，总共有八十八个。往这边是低音。低沉浑厚，能让人心生畏惧，也有加强或夸大的效果。有时低音是圆润的，不过我比较没那么喜欢。中间这一整排呢，是中音，它们什么都能说，什么都能讲。它们能表达出每一种声音、每一种情感、每一种文化。最后，还有高音。高音是钢琴的奇迹。愈往高音弹去，会愈以为要变得太高了，以为会听到尖锐刺耳的声音，其实恰恰相反。连边边那个最高的音符，也是非常温柔的，简直像轻抚我们的棉花，像耳朵吃的蜜糖。孩子呀，你要知道，只有钢琴能造就这般奇迹。它能重现美人鱼的歌声，也能复诵上帝的话语。”

爷爷先生停顿了一会儿，直视光儿的双眼。

“现在，你知道什么是钢琴了。是最美妙的声音。”

光儿没有完全听懂，但她大受震撼。虽然她连一个钢琴音符都还没听到，但钢琴肯定是世上最神奇的一种乐器。

“自从爆发战争以来，我曾经十几次坐在钢琴前，把手放在琴键上，脚踏着踏板。每次都心想着，我要再弹最后一次那首最美的曲子：德沃夏克的《新世界》交响曲。我很想用尽音量去弹奏，把所有窗户都打开，让乐声能传到那种人耳里，让他们听到我在弹奏，让他们纳闷怎么有疯子敢做这种事。我希望他们一辈子至少听过一次什么是美，希望他们知道他们扼杀不了美，并希望他们听到了悠扬的乐声后，会循声而来，把坐在钢琴前的我给杀了，把刀刺进我的背，而我尽管只剩最后一口气，手指仍继续弹奏着，弹奏着乐谱的最后一节，也走完我人生的最后一程。以交响曲作为安魂曲，对一个像我这样的老人，岂不是最美的结局？”

这问题在空中悬挂了一会儿。也许他正想象自己垂死演奏的模样，然后仿佛灵光乍现似的，他转向光儿。

“你的清单带在身上吗？”

光儿翻找口袋，把那张纸递给他，他把纸摊开来。

“这张清单呀，我们犯了个大错。你看，第二项根本不该是浸泡饼干！这下子该怎么办呢，伤脑筋……好，我想到了。在一和二之间，我们来加个一又二分之一：弹钢琴。好了，现在你的清单才是真正完整的，只差个小图……”

光儿全神贯注观看爷爷先生在纸上画琴键。空间有点窄，但图画得很漂亮，有长长的白键，还有上排一些比较小的黑键。

小图完成后，光儿自己也想画画看，成果差强人意，不过她觉得仍可继续尝试。她在旧笔记本的页面上涂鸦，不时停下来观察爷爷先生的奇怪行为，他不断一一打开并翻找所有的抽屉。

他显然没找到想找的东西，于是转身上楼去。

我记得曾把这钥匙收在某处，但偏偏想不起来是哪里。说不定就在我房间里。这就叫做选择性记忆呀：我以为自己再也用不到这把钥匙，便忘了它藏在哪里了。然而，非找到它不可。我一定要把这房间的门上锁。

莉莎的房间。

我在我床头柜抽屉的最底部找到了它。我穿越走廊，把钥匙插入锁孔。一面转动着生锈的门锁，我一面想起刚才跟光儿讲的关于钢琴的那番话，说钢琴乐声是最美妙的声音。

那是假话。我听过更美妙的声音。

那天却是最惨的一天，但黑暗中往往有光芒乍现。

当时我整个人宛如坠入深渊，就瘫躺在这条走廊的地板上。好几个钟头过去了，我就是无法放开凯特琳已无气息的躯体，不愿结束我知道的最后一次拥抱。接受这项令人无法接受的事实，似乎是件不可能的事。只要我一站起来，此生将再也无法将妻子拥在怀里。放开她，等于是放她走。然而我只想要她留在我身边，哪里也别去，别离开我们。

后来，我口渴了，又渴了。非常渴。

我缓缓把身体伸直，改成跪姿。我稍微拉了一下凯特琳的裙子。凯特琳很不喜欢裙子溜上来。某天她曾坚持要我把一张照片丢掉，我觉得照片上的她很美，她却认为照片上她的裙子扬得太高，见不得人，但也不过就是扬起几公分罢了。

我如行尸走肉般拖着步伐走向厨房，不敢把头转向客厅角落，因为已经听到几只苍蝇在我儿子尸体上方嗡嗡地飞来飞去。我转开冷水的水龙头，用一只手打开洗碗槽上方的柜子，想伸另一只手去拿杯子，才发现手中仍握着那个洋娃娃。自从几个钟头前把它从藏身处取出来后，它就一直被我双手紧紧握着。现在我手一伸出去，看起来反而像它想用它的陶瓷小手替我拿杯子。它距离我的脸很近，就在我眼睛旁边。我看了看这个精致的洋娃娃，终于明白为什么凯特琳那么想把它送给莉莎。泪水瞬间涌出，连我自己都感到意外。

“莉莎……我的小莉莎……”

就在这时，我从脚底下，隔着通往地下室的活动门板，传来了最美妙的声音。

“爷爷？是你吗，爷爷？”

≈

The little girl who looks for the light.

≈

希望

光儿睡得很熟，就像孩提时特有的那种熟，睡梦中被爷爷先生轻轻唤醒。他轻拍她肩膀。

“醒醒，快醒醒！过来听收音机！”

光儿每仓促穿上一件衣服，神智就更清醒一些，爷爷先生兴致勃勃的神情感染了她。他已经好几天闷闷不乐了，老是抱怨收音机不再发出任何讯号。但现在居然……

光儿从楼梯下来，坐到老人身边。

“你听！已经循环播放了快半个钟头……”

他把音量调大，把收音机推到光儿面前，她用手肘抵着桌面，双手贴着脸颊，眼睛紧盯收音机。几秒钟之间，三个高音音符快速循环。光儿以疑惑的眼神望向爷爷先生。

“这是正常的，先有三个音符循环约一分钟，然后会出现那个讯息。应该就快了。”

忽然间，三个音符停止。

“来了，要播讯息了，仔细听！”

……嚓……

……今天……

……嚓……

……九……

……嚓……

……活……

……嚓……

……我重复……

……嚓……

……留……

……嚓……

光儿再度看了看爷爷先生，他面带笑容又略显忧心。

“听到没？是一段录音讯息，是这些年来都没听过的讯息！这表示它是为了我们这种人录制的！为了幸存者录制的。现在我们知道了：我们并不孤单。或者应该说，我们不再孤单了。”

光儿听不出其中的细微差异，也没意识到这件事意义有多么重大。

“你知道吗，前几次收听时，我还听到别的字！通通写下来了，你看……我听到一、安区，应该是安全的意思，还有门。”

他在纸上涂涂写写，画了几个箭头，删掉，又继续写。最后，他背靠着椅背，推了推眼镜，就这样待了一会儿。

“讯息的一开始，可以听到今天、一和九，我想这几个字是有关联的，可能是今天的日期吧。我不知道今天的确切日期，大概会有三四个星期的误差，但基本上兜得起来。再来有活、我重复、留、安全、门……有两种可能，一种乐观，另一种非常乐观。也就是说有个好消息，或者有个非常好的消息。好消息会是他们告诉我们，他们还活着，并建议我们留在家里，以保安全。如果是这样，我不晓得发出这种讯息有什么意义，顶多就是让我们知道，这世上不是只有我们像动物一样苟活着，但姑且算是一种可能吧。”

光儿点点头：姑且吧。

“如果是非常好的消息，那就是有一群或许有武装的人，叫我们要留在安全的地方等待他们，他们已经来到国家或城市的大门口，谁知道！这表示他们很快就会把那种人赶走，前来解救我们。那样战争就结……还是先别让你期望太高。我们明天早上再听听讯息吧，也许能听得更清楚。现在，先庆祝一下如何？每个人都来一盘番茄意大利面吧！”

我已不知多久没有如此胃口大开。我如年轻小伙子般兴奋雀跃，脑袋里翻腾着各种可能性，仿佛又回到当年文思泉涌的日子。那时我创作长篇音乐剧，才刚写下一段曲子的乐谱，另一段似乎更有张力且更完善的旋律便在心中浮现；我正把新旋律写到一半，又有新点子成形……我可以这样一直写到天明。这是音乐的诸多奇迹之一：它能以一个和自己本质迥然不同的媒介，作为萌生的基础。

乐章不需靠声音也能存在。

凯特琳入睡后，我仍能继续创作，不怕吵醒她，不用任何乐器伴奏，甚至不用坐在钢琴前。只有音乐创作者可以不靠乐器创作，因为音乐可以用看的。

画家必须仰赖画布或画纸，不可能纯以文字记下日后想创作的构图；作家只能用写的，他的文字无法用素描、雕刻或油墨绘画。音乐创作可就全然不同了。我经常幻想也许复兴时期某位音乐家，曾借着微弱烛光，将心中的炽热爱意谱写成曲，却从来不敢鼓起勇气献给心上人，终究将乐谱搁置一旁，就此遗忘。而过了五个世纪，这份乐谱因缘际会落入我手中，我在阅读的同时，说不定便成了唯一一个听到他的爱意、他的浓情，和他的渴望的人。尽管彼此之间相隔了五百年，我们的心却体验了在岁月中沉睡已久的相同悸动。而这过程中，未曾借由乐器奏出其中任何一个音符。

当然，大前提是这场战争并未终结音乐，那也是我听到收音机讯息前，一直担心会发生的事。

那则讯息确实让疑虑消散，让我重新燃起希望，而且还更好，因为希望似乎伸手可及。

意大利面大餐结束后，爷爷先生睡了个短短的午觉，光儿则在地下室，努力看看哪些罐头他们还没尝过。

老人醒来后，依然笑容满面且心情极佳，便提议玩个小游戏。

“你知道‘三选一’吗？”

光儿摇头。

“其实，规则很简单。这里有三张牌，都是王后，一、二、三。这样就够了，不用其他道具。你也看得出来，其中两个王后是黑色，只有一个是红色。目前为止都还听得懂吧？好，现在我把牌盖起来，洗一下，你必须找出红色是哪一张，好吗？”

她点点头，看起来不太热衷。

“这位小姐有点存疑的样子哦。这是因为你还不知道个中奥妙。你以为我只是把牌随便洗一洗。可是我会洗得很快，技术非常高超，两三下过后，你就完全乱掉咯！准备好了吗？再给你看最后一次，红色在中间。注意哦，超级魔手要上场咯。三、二、一……”

小女孩一个箭步凑到桌前，专心盯着纸牌看。

“开始咯！嘿，哈，左边，右边，注意，在这里，在那里，跑掉了，上面，下面，好了！既然这位小姐这么有自信，请把红牌找出来吧！”

光儿翻开右边的纸牌：是红色王后。

“当然了，第一次玩的人运气总是特别好……只是先让你练习一下而已，这次，我可不客气咯，注意！准备好了吗？”

小女孩点头点得很缓慢，她眼神坚定，嘴角泛起笑意。她喜欢这个游戏。

“又开始咯！嘿嘿，哈哈，上面，下面，注意，变得更复杂了，不见咯，左边，右边，又出现了，我的手动得好快，跟八爪章鱼一样，左边，右边，最后再来一招花式的，百慕大三角洲！好啦，请选牌！”

光儿再度指了右边的纸牌：是红色王后。

“恐怕是我低估了对手……如果你愿意的话，我们来赌一把吧。要是我赢了，你得洗碗盘。如果你赢了，你可以决定我们这一整个星期要吃什么。这样好不好？”

光儿高兴得猛拍手，却也忍不住咬了咬下嘴唇。下注使游戏气氛瞬间紧张起来。她发现自己变得很兴奋。

“小心，警告你，我要使出我最厉害的招数哦！丑话先说在前头，你盘子洗不完咯！来，三、二、一，开始咯！左边，嘿，右边，哈，中间，换边，左边一点点，右边一点点，中间一点点，嘿，哈，最后是超级三连环：左勾拳、右勾拳，再左右夹攻！哈，哈！这次你运气再好也没用咯！”

小手缓缓伸过来，拇指和食指拾起并翻开中间那张牌：是红色王后。光儿跳起来，高举双手，绕着桌子蹦蹦跳跳。爷爷先生站起来，拉开柜子的抽屉，把三张纸牌冷冷扔进抽屉里。

“好啦，到此为止！反正这游戏一点也不好玩……”

光儿双手叉腰，歪着头凝视他。

“好啦，好啦，你可以去楼下挑罐头……但小姑娘呀，别太嚣张，就算赢了也要懂得低调一点呀！”

小女孩走到他身旁，静静站了一会儿，随即又跳又扭地展开一连串故意显得疯癫可笑的胜利舞步。她哈哈大笑，笑声传染了爷爷先生，于是两人狂笑个不停，光儿甚至双手捧着肚子，笑倒在地上。

能开怀大笑真好。能快快乐乐真好。这孩子已经多久没如此大笑了？这孩子上一次如此自在、心情如此轻松，是什么时候了？我感觉她才第一次知道什么是快乐似的……

而我呢，我有多久没这么快乐了？我上一次开心是什么时候了？

是听到莉莎声音的时候，当然了。是七年前，打开地上活动门板的那一刻。

≈

The little girl who looks for the light.

≈

爷爷

我起先以为是自己的幻觉，后来才退一步，把覆盖活动门板的地毯挪开。我屏气凝神，一动也不敢动，等了仿佛一世纪那么久以后，奇迹再次出现。

“爷爷，帮我开门！”

她所说的最后一个字，被第一波泪水淹没。我把门板打开，她就在里面，好端端的。

我的莉莎。

她飞快地从楼梯间爬上来，冲入我怀里，三天来忍住的泪水当场决堤。三天又两夜，既没水也没食物，对一个独自被关在黑暗的废弃地下室的小女孩而言，应该犹如无止尽的黑夜吧。她饱受惊吓，八成想着，要不是这世界走了样，她一定已经庆祝完生日，吹了大蛋糕上的八根蜡烛，我也一定已用食指沾上奶油，在她鼻头上抹画一个逗点。她八成愿意付出一切去换取蜡烛，哪怕只有一根也好，不是为了吹熄或许愿，而是用来驱赶那令她畏惧的一片漆黑。

莉莎的手臂一直紧紧抱着我的脖子，她一五一十地告诉我，那一天，到底发生了什么事。

“我在厨房里，帮奶奶准备生日蛋糕的面团。外面马路上吵吵的，但我没注意，奶奶说也许有车祸，就去客厅，从窗户往巷口那头看。她说：‘怎么会这样？’那时爸爸大喊：‘你们快过来看，每个频道都在播紧急快讯！’我们去看了电视，荧幕的上面和下面用大字写着战争和屠杀，还有直升机拍到市区火灾的画面。爸爸转到别台，画面上好多人被机关枪打，后来有个阿姨对着麦克风说，她不明白这到底是怎么回事，然后，然后……她的头就爆了……”

莉莎说得上气不接下气，眼泪更是没停过。

“深呼吸，宝贝，好好深呼吸一下……”

“奶奶把我眼睛蒙住，叫我回去厨房，把门关上，我说不要，可是她很大声地说：‘现在就去！’感觉好奇怪，奶奶从来不会那么大声说话，所以我去了厨房，把门关起来。我开始一直哭，因为厨房里只有我一个人，我好害怕，所以我稍微把门打开一点点，看一看客厅的情形。我看见奶奶回到窗边，往左边看看，又往右边看看，然后大喊：‘他们在对隔壁的小妹妹做什么？老天呀，他们怎么可以那样对待孩子？’奶奶忍不住呕吐在地上和窗帘上。爸爸说：‘妈妈，你看电视，到处都是，所有的大城市都是！到底怎么了？’结果奶奶跟他说：‘完了，我的心肝宝贝！’爸爸问她：‘为什么你要叫我的心肝宝贝？’于是奶奶说：‘因为完了。’她握着窗帘，一面却软瘫在地上。她开始大哭，可是一看到我正隔着门缝往客厅看，喊了声：‘莉莎！’便猛然站起来，朝我跑过来，从抽屉拿出一把大刀子，架着我的脖子，跟我说：‘对不起，莉莎宝贝，我是不得已的。’她一直哭，我也一直哭，我以为她真的要动手了，没想到她忽然说：‘活动门板！地下室，门板！’于是她放开了刀子。她把地毯一挪开，我就看到门板，以前都不知道这里有门板。奶奶和我一起从楼梯下去，里面好暗，我差点跌倒，奶奶大喊：‘亚贝托，快来！’爸爸却小声说：‘妈妈，他们来了，他们从窗户外面看着我。’我对奶奶说：‘快把门板关起来！’奶奶正要关门板，忽然又停下来，说：‘地毯……’于是她又上去，叫我发誓千万不能出声，不管谁来都不能开门，能在底下待多久就多久。她为了没有勇气杀我而向我道歉，然后亲了我一下，说接下来要指望奇迹了。她关上活动门板，我听到她把地毯移回来，后来，她好像往大门那边去，我听到一声好像开枪的声音，爸爸拼命喊叫，我还听到其他人喊叫的声音，好吵，好像他们在拍打地上一样，拍打了好多次，后来就没再听到爸爸的声音了，只有笑声，和有人在我上方走来走去的声音。我乖乖听奶奶的话，一点都不敢出声。就这样过了很久很久。我还以为你永远不回来了……永远不回来了！”

“我在这里，你不是一个人了。”

“嗯，爸爸和奶奶是不是……”

“对，他们都死了。很遗憾，宝贝。”

她哭得更加伤心，我也哭了。她把脸埋进我脖子。我用力紧紧抱着她，简直要令她窒息了。

等她平复一些，我替她倒了一大杯牛奶，并弄了点吃的。我把盘子放在桌上，要她慢慢吃，要她在厨房里待着，我没回来之前都不要出来。她很害怕，不断央求我不要再次抛下她一个人。然而，我没得选择。我不希望她目睹她父亲和祖母已断了气的躯体，我必须把他们藏起来，把痕迹清理掉。

“我一下子就回来。之后，我答应你，每一分每一秒都留在你身边。我跟你保证，以后绝对不会丢下你。你也知道爷爷从来不会随随便便保证什么，对不对？”

她泪眼汪汪地点了点头。我亲了她额头一下。

我原以为自己搬得动遗体，但我体力太弱了，大概也太老了。我去车库，把凯特琳和我早已很久不骑的两辆单车的遮雨帆布拿来，费了几番功夫，终于把蓝色帆布垫到遗体下方，然后就这样一前一后地，轮流拖着帆布移动遗体，一直拖到房子的后院。我筋疲力尽。最艰难的一段路程是从屋子下到院子的阶梯，头部敲撞每个阶级的低沉声响令我无法忍受，引发我生理上的实质痛楚，同时又令我脊背一阵冰凉。

终于把两具遗体都拖到院子，原本想学电影里那样，用铲子挖个洞埋起来，然而，尽管土壤因大雨而湿软，我却无法挖出够深的坑洞，至少所需的时间和体力都是我没有的。我悲痛欲绝，全身颤抖，不得不把他们留在原地，只能以帆布将他们仔细覆盖好。我考虑过要象征性地立个墓碑，但那样恐怕会暴露莉莎和我的踪迹——只有活人会替死人立碑。可是从今以后，我们必须融入这一片死寂。我回到屋内，关上所有窗板，切断电力，和死了无异。

我回到厨房时，莉莎对餐盘里的东西分毫未碰。她似乎猜到了我刚才去做什么。我在她身旁坐下来，用她的叉子戳了一块冷掉的红萝卜。我把叉子还给她，轻声提醒她说该吃些东西，说她父亲和祖母一定会希望她多少吃一些。她紧闭的双唇这才缓缓松开。

我向她发誓我再也不会丢下她一个人。

我确实说到做到了：几个月后，莉莎当着我的面死去。

≈

The little girl who looks for the light.

≈

孤注一掷

我已将近八天没睡，每天天亮前就起来。每天早上，我期望收音机讯息能一天比一天清晰，但每天早上希望都落空。有两次，情况甚至相反，讯息似乎变弱了，能听到的只剩寥寥几个音节。今天早上，我心想不知运气会不会终于好一些。

我和每次一样，想尽办法别吵醒光儿。这必须耗费比平常更多的力气，对我而言总是非常吃力——我必须以上臂撑着，腹部使力，把重心放到侧面而非床垫的中央，不然恐怕会吵醒小丫头——但这天，这一艰难的动作几乎令我招架不住。每一块肌肉都开始颤抖，我还以为自己再也无法翻身坐起来。老了以后，我简直像有肢体障碍。

我经常后悔没在战争爆发前，跟其他老人多聊聊这该死的衰老。凯特琳每回听到我抱怨岁月催人老，总不厌其烦地告诉我，衰老也是人生的一部分，说完便对我微笑，就像对一个任性却可爱的小孩子微笑那样。于是我知道，不论再说什么也是枉然：面对女人如此嫣然一笑，任何男人不论说什么都不足为信了。

某天下楼梯时，我不得不两脚一阶地下去，就在那一天，我知道自己已成了老人。但最初，三十，或许三十五年前，我曾在某个片刻，顿时意识到时间的流逝。当时是个早上，我站在镜子前。不知为何偏偏是那个早上，而不是别的早上，但那天早上似乎一切都不一样。我脸上局部抹了刮胡泡沫，当年每天都是这样，正要展开例行公事时，我忽然认不出自己的双眼。当然，我认得自己的眼神，但我的眼睛变得不一样了：眼皮垂往两侧。我自认是个通情达理的人，经常被够喜欢我而愿意夸奖我的人称为明智，我知道眼睛这块皮肉的下垂，是与日渐进的。然而，我敢拍胸脯保证，我的眼睛到昨天为止，仍是年轻人的眼睛。这突如其来的现实，并不容易面对，但噩梦才刚开始而已。

随着泡沫逐渐消失，我才发现连我的脸也变得不同了。刮胡刀剃下第一刀让我发现，原本圆润的左脸颊不再那么圆润了；第二刀剃完右侧后，逼得我不得不面对现实：我两颊下垂了；更糟的是，从下巴末端到喉结之间，才不过区区三刀，却让相当饱满的双下巴展露无遗。胡子刮完后，我错愕地发现灾情惨重，只能举手投降：岁月不仅仅在别人身上留下痕迹，我的身体也难逃此劫。我真正的脸孔，也就是我所习惯见到的，且长久以来让我散发出聪颖气息的脸孔，仿佛隐藏在另一张较丑陋的脸孔底下。然而，只要凑到镜子前，把脸皮稍微往两侧拉一下，又隐约能见到那个躲藏在“衰老我”底下的“原本我”。

仿佛是在缅怀自己似的，从这天起，我知道我再也见不到我自己了。

从那之后，每况愈下。而近四十年后的今天早上，我真的以为自己再也爬不起来了。

光儿感受到了轻微的晃动。她并未真的醒来，只感觉自己从梦境深处浮上来，稍微恢复些许知觉而已。那讯息很清楚：她饿了。

她伸了个懒腰，配合一个大大的哈欠伸展肢体。那哈欠大得仿佛打不完。小女孩的这一辈子当中，从来不曾睡得这么好过，这张床每一次睡都比上一次舒服，舒服到她觉得自己很愿意后半辈子都赖在这张床垫上。但此时此刻，光儿想吃东西。床垫又晃动了，她再次伸展身体，然后睁开一眼。

“哎，吵醒你了？亏我还费那么大的力气，那么小心翼翼的……”

她睁开另一眼，向爷爷先生敞开双臂。

“要是早上没人给你亲亲，看你怎么办哟！好啦，待会儿见，我要先下去听收音机。”

开关一打开，收音机传出的声音不但强而有力且清晰，已经太多年不曾这样了。那三个音符循环播放，听在我耳里总嫌太尖锐，但至少很清楚，这还是头一遭。我马上就知道，再过不到一分钟，我终于能听到那个讯息的完整版了。

“光儿，快过来，我们终于能知道他们要讲什么了！快点！”

小丫头来了顶多一秒钟，三个音符便停止，改播放那则讯息。

……嚓……

……今天，二〇……五月二十七……

……嚓……

……本讯息的对象为幸存者……

……嚓……

……若您能收听到本讯息，意味着……

句子说到一半，忽然什么也没了。

半点声音也没有，半个字也没有了。

我明明没碰任何按钮。我把收音机摇晃了一番，仍然什么也没有。

一片安静。

光儿焦躁地拍了我肩膀好几次，从我手中把收音机抢过去，把滚轮调来调去。

“哎哟，你又不会弄。收音机给我。没什么，应该只是电池的问题。”

我记得不久前才换过电池，但之前已经摆放很多年，可能没电了。

光儿双手放在头顶，一脸担忧。

“别担心，还有库存！你去帮我拿来，就在那边抽屉里。”

她跑向抽屉，匆匆翻找，随即高举一包电池。

“不对，不是这种，要小一点的。对，没错，太棒了，谢谢。”

我以颤抖的双手拆开包装，打开了收音机底部的小盖子，拉了小缎带，让旧电池弹出来，再换上两颗新的。

收音机并未启动。我又再换了两颗新电池，依然没反应。我也不由得担心起来。

“请你再去帮我拿一包来。同样大小，但要另一个牌子的。对不起，我是说，另一种颜色的。对，这个很好，谢谢你。”

我放入了新电池，收音机仍无动于衷，应该是没救了。为求心安，又试了其他电池，但我知道都是无济于事。

“是收音机坏掉了。”

这一刻，我幻想自己握着从工具箱取出的螺丝起子或焊枪，修理收音机。然而我从来就没有什么工具，连箱子也没有。我从来就不擅长修理东西，也没那个兴趣，有点算是我命好，也或许是我太自命清高，但从战争爆发后，这却成了我严重的弱点。不知多少次，我埋怨自己的双手除了弹琴，其他什么也不会——也就是说，这么多年来，这双手不会做任何有用的事。

“没有别的收音机了，我不知道我们该怎么办才好。”

光儿红了眼眶，开始掉眼泪，不是恐惧或难过的泪水，而是气愤的泪水。她气命运，或气我？居然开了一个这么不公平又残酷的玩笑。

“过来吧，别哭……不想过来也没关系，不勉强。就哭一哭吧，把怒气发泄一下，之后就会好一些。”

我的怒气却迟迟不消。我焦躁地咬自己口中的脸颊内部。一想到多年前某一夜的回忆，我很想再咬得更用力。

如此深的无力感，令光儿内心如火中烧。没有收音机，就听不到讯息：什么都不知道了。可是自从和爷爷先生住在一起，光儿便很喜欢知道周围发生的一切，她已经很习惯去了解和预测。

收音机一不出声，她再度感到无力，就像之前一样，就像在底下时一样。她好想跺脚，好想用力踏地上，但忍住了，以免惹得老人不高兴。连这种时候，套句爷爷先生说过的话，光儿还是喜欢当个有家教的孩子。

她差点要情绪失控了，老人忽然喃喃说：

“怎么会那么笨……”

她朝他靠近一步，等他接着说。

“以前到处都有……”

他拉高了音调。光儿不知道他到底在对她说话，还是自言自语。

“怎么会那么笨，都不懂得想远一点！老是电池呀电池的，好像有了电池就不需要别的似的！真是死脑筋！”

光儿拍拍老人的肩膀，表示她也想了解。

“不知道该不该告诉你，我觉得好丢脸……”

小女孩只一脸认真地凝视着他。

“几年前，我曾出去过一个晚上，正好就是去寻找给这台收音机用的电池。我去搜刮了后面那条街上的豪宅，找到很多电池，包括抽屉里的所有这些，和已经被我用掉的那些，你想象一下，真的很多呀！”

光儿点点头。她很能想象。她自己也搜刮过很多电池，有上百颗吧，说不定有上千颗。然而，底下的孩子们不了解电池的价值，使用时毫不懂得节制，往往让好几盏灯同时亮着，或让空无一人的通道灯火通明。因此，珍贵的电池很快就消耗殆尽。她最担心照明的问题，其他孩子却最在意填饱肚子。大家逐渐接受了在黑暗中生活的事实，仿佛这是无法改变的宿命。只有光儿，直到最后一天，仍坚持寻找光源。她现在才发现，假如当初允许她进到禁区的豪宅，光凭她自己都能找到许多电池——命运安排使然，这一区之所以被列为禁区，正是因为住了她最喜欢的“妖怪巨人”。她忍不住微笑了，想到自己当初要是违抗大孩子们的禁令，某天夜里，她和老人各自在寻找珍贵的电池时，说不定两人会迎面撞个正着。那会发生什么事呢？她闻到他大胡子里的清香，会喜欢他吗，还是会畏惧他？

“虽然已经搜刮到这么多电池，我还是担心不够用，担心需要再度外出，所以我又出去找。我再度进入每一户屋宅，把电器里的电池通通取出来。其中，至少有七八台跟这台一样的收音机。我跟你保证，有些甚至款式更新，几乎全新！结果，你知道我怎么样吗？我每次都打开收音机底部的小盖子，把电池弹出来，丢进我的袋子，然后把收音机放回原来的位置，就这样而已。清晨，我打道回府，满载而归，想都没想过要带一台收音机回来，哪怕只有一台也好。没想到哪天我自己的收音机也会故障！我怎么会这么笨？真是头号大傻瓜，真是一头驴！你知道那种动物吗？”

光儿不知道那种动物，并觉得爷爷先生当初没多带一台收音机回来，确实很可惜。然而，他似乎也不必这么自责。她皱着眉头，神情凝重地频频摇头。

“最糟糕的是，驴子跟一般认为的不一样，是一种很聪明的动物。换做是驴子，一定会记得要带一台收音机回来。我真的好笨……”

光儿更强烈地表示反对了，她双手握拳，一脸气呼呼的，没有任何人可以这样说爷爷先生，连他自己也不可以。

“也只能等待了……”

接着是一片沉重的沉默。小女孩溜进老人怀里安慰他。

“没了收音机，我们连要等待什么都不知道……”

老人感觉到她窝在他脖子间，认命地点点头。

可是忽然间，她抬起头，炯炯有神地凝视他。

“怎么了？”

光儿用食指指着收音机，又指了指自己，最后指向屋外，南方的那一边。

“不行，光儿，那一点都不是个好主意。”

绝对不能让她出去，就算我很想要一台新收音机也不行。

“别再说了，不行就是不行。去外面太危险了，我已经四年多没出去过，而且……什么？对，我也猜你应该常常跟其他孩子一起出去，但危险就是危险。”

光儿把袖子卷起来，如健美选手般弓起手臂，给我看她那小得不能再小的二头肌。

“我知道你很强，也知道你不怕，可是相信我，这种事不怕一万只怕万一……只要哪一天，那种人在那条路上，或在那栋房子里，惨剧就可能发生。”

她仍不死心。

“光儿，拜托你，别再打那主意了。我们要有耐心，好吗？”

她盯着我看了两三秒，整个人气嘟嘟的，似乎比任何时候更想开口说话，或者抗议和说服我。

我摇摇头，对她浅浅微笑。这笑容大概有点冰冷，是苦恼的笑容，是无奈的笑容。

她叹了口气，耸耸肩，上楼去了。再下来时，怀里抱着洋娃娃，跑去坐在角落，看也不看我。看得出她很挫折。或许我不该硬要她接受我保守的态度。该换个话题了。

“两位小姐要不要吃早餐？”

光儿原本想表示不要，表情做到一半又反悔，最后她缓缓眨了眨眼表示好，并带着洋娃娃坐在我旁边的椅子上。

我们默默喝茶。光儿什么也没吵着要，没说要吃面，也没喊着要菠萝片，比我想象中还严重。我这边呢，努力不要一直心心念念想着正常运作的收音机，但办不到。那则讯息到底是谁发出的呢？我清楚听到了两句话："本讯息的对象为幸存者"和"若您能收听到本讯息，意味着"……意味着什么？意味着他们要来救我们吗？我实在受不了这样干着急。

"光儿，你真的很想要一台新收音机吗？"

她点点头表示对。

"你真的很想知道，对不对？"

她点点头表示对。

"你知道吗，我也是……"

她愣住了，闪闪发亮的双眼直视我的双眼。

"其实，那些大房子也没那么远……"

我话都还没说完，小丫头就扑向我脖子，而且立刻上楼回房间。一分钟后，她已经穿好了以前的旧衣服，也就是我发现她时她身上穿的那些衣服。

"哇，我发现你已经整装待发了呀！小姑娘，也太心急了吧！不过，你得要稍安毋躁，现在只是上午而已！你也知道，不等到半夜，我们绝对不可能出门……”

她一脸惊讶，食指快速来回指着她又指我。

“对，我们！当然是我们两个一起去呀！你以为呢？难道我会让你自己一个人出去吗？”

光儿确实以为她自己一个人出去会比较简单。假如那些房子跟爷爷先生说的一样近，那么她不出几分钟就能到了。

“拜托，哪有那么容易！再说，我也有我自己的装备，不然你以为呢，我会穿得一身黑，来无影去无踪，说不定比你更低调呢！”

一个这么高大的人，不论再怎么伪装，光儿都不认为他还能比她更低调。再说，也不完全是低调不低调的问题……假如必须瞬间躲到一道墙后面，或更糟的，像以前她看到或听到有那种人出没而必须拔腿狂奔时，爷爷先生该怎么办？他连爬楼梯都很吃力了……

“你愿意的话，我们天亮前两三个钟头出发吧。在那之前，我们有充分的时间仔细研究那一区的地形，决定要怎么进行，依循哪些步骤。我们的计划必须万无一失，任何细节都要事先考虑清楚，你明白吗？一定要事——先——考——虑——清——楚！”

他竖起食指，每一个字都配合手势加重语气。

她睁开另一眼，

向爷爷先生敞开双臂。

“要是早上没人给你亲亲，

看你怎么办哟！

好啦，待会儿见……”

≈

The little girl who looks for the light.

≈

外面

大门的门锁通通转开的那一刻，我把手放在门把上，却迟迟不敢把门推开。一个行动僵硬的老头子和一个又瘦又弱的小孩子一起冒这种险，岂是明理之举？

那种人尚未离去，那是一定的。我猜他们在这座鬼城的人数并不多，但一定还有一些人四处游荡和巡视，急着想把肮脏的任务尽早完成。自从那个雨天后，我听不到他们的声音了，但宛如芒刺在背似的，仍能感受到他们的存在。那种人不仅意味着死亡，还要更严重得多，遇上他们，保证让人生不如死，尤其如今幸存者已寥寥无几。

我放开门把，示意要光儿在门边等我。我回到厨房，挑了把刀子。可不是随便挑的，是以前凯特琳用来精雕细琢的一把小刀。“连外科医师都能用它动手术了。”她经常这么形容这把刀。我用抹布把刀包裹起来，刀尖的位置特别裹上双层厚度的布料，然后把刀放入口袋。这么一来，刀子就在我随手可得的地方，瞬间就能抽出来用。

后背包里已经装了一把大菜刀，不但生锈了，刀尖也破损歪掉了。但这把刀锋完整且锐利的小刀，是特别为光儿准备的。必要的话，要用来救她。我绝不允许她落入那种人手中。我一定会比凯特琳坚强，替上帝完成该完成的，以免落得由恶魔代劳。

我回到门口，光儿一直乖乖等我。我摸了摸她的头，把手放到门把上，深深吸了一口气，在心中默默数到三。

一。

别害怕。

二。

千万别害怕。

然后……

光儿没想到爷爷先生开门前居然犹豫了。刚才，他已经来门前一次了，又跑去厨房，现在回来，再度握着门把，可是依然不开门呀！

怎么回事？难道他害怕出去吗？一想到这里，光儿就觉得不太舒服。在她心目中，爷爷先生像个所向无敌的超人，她无法想象他会害怕什么敌人，或者甚至害怕那种人。

光儿全心全意暗自盼望他压下手把。无论如何，非这样不可。

“三！”

她不知道他为什么要轻喊这声三，但那不重要，因为她的愿望实现了，爷爷先生确实是个英雄，是她的英雄。世上某处倘若真有妖怪巨人存在，见了爷爷先生也一定会害怕。

她非常骄傲，抬头望向他，但他并未看她。他遥望正前方的远方，又往左和右看了看。他下了台阶，往前走几步，并未回头，却一手伸到背后，依照他们事前讨论出的一套手势，向光儿竖起拇指。

跟我来。

光儿轻轻把身后的门关上，跟在他背后。她原以为这趟探险会令她很兴奋，其实不然。才刚踏出这几公尺路，从前的本能反应又回来了，也就是伍拉狄米和其他大孩子传授的那些技巧，她夜里出去搜刮时，曾实际操演过不下数百次，甚至数千次。首先，要静静不动，看清楚接下来的三步要往哪里走；然后，踏出这三步的同时，要仔细观察四周，以及上方；最后，要停下来，再次看一看打算走的路线，以此类推。很简单，尤其是在月光明亮的夜里。

当然，爷爷先生并未这么做，他不懂得这种技巧。光儿看了相当担心，她认为他走太快了，太不注意四周的动静。

立刻右转，走到十字路口，距离大约有五十公尺。

街上不只是空无一人，根本就是一片死寂，就像这个世界一样死气沉沉。空无一人的街道，多少还有残余的喧嚣，可是这条街连半点回音也没有了。它了无气息。

然而我还记得这条街艳阳高照的美丽景象，当年我每天都会走一遍：修剪整齐的树丛、门庭的草皮、“夫人您好”、按喇叭的汽车、去邻居家按门铃的送货员、“他们不在家，但我可以代为签收，你就不必再跑一趟”、遗留在人行道上的皮球、一页脱落的旧报纸、刚重新粉刷的窗板、爆满的垃圾桶……

再四十公尺。

晾挂在窗台边的衣服、一只被一阵风吹跑的袜子、“先生您好”、邻居太太从后车厢费力取出的一包包购物袋、半打塑胶包装纸快要破了的瓶装矿泉水、有两瓶滚落地上被人用脚踩住、一对夫妻各拎着一大盒披萨、地上的一个铜板……

再三十公尺。

肉贩的货车、转角那栋分隔成四间小套房的大宅、有人在搬家、新来的邻居、“欢迎，我们这个退休老人社区很高兴有你们这样的年轻夫妇搬进来”、他们的小女儿在人行道上骑着两侧有辅助轮的脚踏车、“小妹妹，小心车子哟，回去草地上骑”……

再二十五公尺。好慢，太慢了。

如今没有绿草皮了，不论哪里都没有了。只剩一块灰土地。这块地上，一辆轮胎扭曲变形的脚踏车旁，躺着一具近乎完整的小白骨，只差一只手臂。

再二十公尺。得加快步调才行。

我步伐跨得更大，速度也加快了。这样比较好。我把目光焦点放在迟迟到不了的路口，这时地面上一道光影忽然引起我的注意。

我只来得及低头看，脚步却已收不回来，太迟了。

光儿的忧心果然是对的。爷爷先生直盯着远方，没注意到地上的玻璃瓶，一脚踢个正着，在一片寂静中，造成巨大声响。

他立刻打住，在背后向光儿比了个握拳的手势。

别动。

错了，大错特错。光儿以前经常发出声响。某天夜里，她甚至在一栋房子里引发大火，当时她人仍在屋内搜刮，都是她在客厅点的一根照明用的蜡烛害的。这种时候，办法很简单，走为上策。假如有人听到声响，一定不会等着看发出声音的人接下来会有什么举动，不会的，他会直接去看看是怎么回事。假如有一个那种人听到酒瓶撞到柏油路面并滚了几圈，他的直觉反应一定会是去查看声音的来源，也就是这条马路的中央。

也就是他们愣在原地等待的地方。

时间一秒一秒过去，爷爷先生仍伫立在原地，不安地四周张望。想必他有他的理由，但光儿觉得这样太危险了。

她仿佛听到远方传来了声音。说不定是说话声。

爷爷先生依然不动，他似乎也伸长了耳朵听。他到底在等什么呢？

— 155

光儿再度听到那声音。这次她很确定，是说话声，是那种人的说话声。

必须行动。

而且是马上行动。

远方，靠左侧，隐约传来个声音。我左边的耳朵比较不灵光。光儿是不是也听到了？我正想回头找她，忽然发现她已悄悄跑到我前面。她把手放到背后，竖起拇指。

跟我来。

我差点抗议，但她已径自往前走了。她快速跨了三大步，随即向我比了个握拳的手势。

别动。

我停了下来。她看了看她前方的地面，又对我竖拇指。我跟着她，就这样走了三段路，走向人行道。

握拳。在一处门廊下停下来。接着竖起拇指。三大步。

我明白了，且自然而然采纳了她的节奏，适应得很好，因而她没再刻意注意我，也不再对我打手势。

我仿佛被她的曼妙姿态催眠了，放心听从她的经验和直觉，就这样跟在她背后。她不但有一张猫儿般的脸孔，连动作和敏捷度都和猫一样。黑夜是她的时光，街道是她的地盘，悄然无声是她所擅长。她的脚步如华尔兹般三步三步地，在我不知不觉中，不过短短一两分钟，带我们来到大房子前。

大门开着，光儿顺利溜了进去，我则不得不把门稍微再推开一些。入口大厅很大且很深长。这栋房子以前应该很漂亮、生机盎然才是。我跟着光儿前进，她走了几公尺，然后停了下来。她把手伸到背后，用拇指向我比了擦打火机的手势。我从后背包拿出手电筒，递到她手里。她依然没回头，直接向我比握拳手势。

别动。

我不动了。她开始缓缓往前，消失在大厅的黑暗中。我没听到半点声响。我隐约看到手电筒的微弱光晕，在短短一瞬间进入最里面靠右边的门，然后什么也没了。

过了十几秒钟，左方一道门的门口，我看到手电筒的光环打在地上，但是我敢发誓没看到她穿越走廊。光环愈来愈亮：光儿回来了。

她出现在距离我几公尺的地方，关掉了手电筒，来到我身旁。她手里拎着一台收音机。她把它交给我，神情认真又专注。我仔细将它收入背包，随即转向大门。

光儿早已背对着我，在门缝间观察外面的动静。

她竖起拇指。

跟我来。

听到滔滔不绝的夸奖，光儿不禁脸红了。

“你好厉害哟，知道吗，你真够厉害的！居然会那样带我走，那样找到收音机，再带我们安安全全回到这里！我想都没想过你这么厉害，光儿，我真以你为傲！”

小女孩有点不好意思地微笑着。

“由你带头的那一刻起，我就不再担心东担心西了，立刻很有安全感。真是不可思议呀！”

光儿觉得该赶快听一听收音机了，但爷爷先生的话匣子停不下来。

“你是猫，一只如假包换的猫。看着你在马路上迂回前进，和后来进入那栋房子以后的模样，我心里就是这么想的！”

光儿很震惊：爷爷先生为什么要把她比喻成那种凶巴巴又鬼鬼祟祟的动物呢？

“你为什么皱眉头？不喜欢猫吗？真的？啊，街上的流浪野猫，也许吧，但屋里的家猫很棒呢！而且猫是我最喜欢的动物，你知道吗？不知道？我没告诉过你？啊，你不知道我有多爱猫。你没看过我柜子里的收藏吗？”

光儿点点头。她不太知道收藏是什么意思，但确实看过楼梯旁那些无用的小玩具。

“快过来看！漂不漂亮？其实，我一直都很喜欢猫，可是小时候，我爸妈不让我养，他们说猫虽然看起来独立，但总有一天会带着伤或病回家，到时候可没办法治疗它。凯特琳和我结婚后，我终于养了只猫，是只毛茸茸的安哥拉猫，名叫普立兹，是全世上最可爱的小猫，可是呀，我居然对它严重过敏，只要它在身旁，我便无法呼吸，才不到几天，我们就不得不把它送走。我好难过，凯特琳看了不忍心，便送我一个非常像普立兹的小塑像，也是全身白色，简直就像普立兹的翻版，太不可思议了！后来，那有点变成我们家的一种传统，我每年生日，凯特琳都会送我一只很像普立兹的小塑像。”

光儿浏览柜子里的十几只猫：确实通通是白色的，无一例外。

“说到生日，如果早上的讯息内容正确，再过两天就是我的生日了！当然，爆发战争后，我就没再庆祝过生日，坦白说，几年下来，原本记录的日期已经乱掉了，误差范围可能有一个月那么多，但说不定今年我们可以破个例，你觉得呢？”

光儿没反应。

“怎么了，你不愿意？你不喜欢过生……啊，不是，好，我懂了……”

不用解释，爷爷先生就能明白她的意思，这让光儿很高兴。不，她不太知道生日是什么，在底下，只有年纪较大的孩子们才对庆生这种事有印象。据说，生日的时候，小孩子可以大肆庆祝，能得到全新的玩具，还能吃大蛋糕，蛋糕上插着蜡烛——说穿了，全是她喜欢的东西：食物和蜡烛。她只知道这些而已，还有顶多就是能知道自己的年纪。可是光儿连自己是何时出生的都不知道。

“丫头呀，我们有两件事要做。首先，当务之急，要在你的清单加上第二十二项：庆生。然后，我们一起决定你每年在哪一天庆祝。”

光儿从口袋最底部掏出清单。她把纸细心摊开，连同笔一起交给爷爷先生。他在纸的下方写了几个字，画了个蛋糕。原来蛋糕是这种模样：又圆又扁，上面摆了些小东西，也许是水果吧。

“再来，你生日的日期……让我想想，你应该九岁了，所以姑且说，你的下一个生日会是十岁，好吗？那么，要选哪一天好呢……圣诞节？不要，有点太久了，而且生日和圣诞节同一天太可怜了，那样会少一个庆祝机会。让我们想想，其实挺难选的呀。什么？我？后天呀，刚刚才跟你说过。不对？光儿，你想说什么，我不明白！拜托，你偶尔也稍微讲一两个字嘛，会好很多……”

光儿急得脸红脖子粗，不死心地继续挥舞一些她觉得明明很简单易懂的手势。

“我，你？你，我？哦，你想和我同时庆祝生日？同一天吗，你确定？”

光儿很确定。

“嗯，这是个好主意呀……好，就这么办！光儿，我向你郑重宣布，你将于后天，五月二十九日，我八十二岁生日时，欢度你的十岁生日。”

她兴奋地又跳又拍手，然后扑进老人怀里。这个人给了她一个名字，又给了她一个生日；这个人教了她好多事情，让她笑，也让她获得重生。

“可惜，到时候没有蛋糕，但我答应你，一定会开我最好的罐头，当然，还会送你一个很棒的礼物！”

关于礼物这件事，光儿有点不自在，她不希望爷爷先生为难。他已经送过漂亮妈咪给她，那就够好了！她摇摇头，向他指了指洋娃娃。

“是呀，我已经送过你礼物了，那又怎样？我可以再送一个！你也看到凯特琳送过我多少小猫呀！送礼物给自己亲爱的人，跟收到礼物一样重要！而把礼物捧到对方面前，大声说：‘生日快乐！’并看到对方脸上的喜悦，也一样让人高兴，甚至更高兴呢！”

小女孩思考了一会儿，然后微笑认同。

“对了，你只给我两天的准备时间，甚至该说只剩一天，因为天已经亮咯！当然，前提是收音机里的讯息是正确的，而且日期每天确实跟着改变……”

爷爷先生忽然倒退一步，仿佛顿时想起什么事情似的。

“收音机！”

他脸上的笑容消失，变得忧心忡忡。他低头看摆在两脚间的背包，把手伸进去，拿出小收音机。

我仿佛被她的曼妙姿态催眠了，

放心听从她的经验和直觉，

就这样跟在她背后。

她不但有一张猫儿般的脸孔，

连动作和敏捷度都和猫一样。

黑夜是她的时光，

街道是她的地盘，

悄然无声是她所擅长。

≈

The little girl who looks for the light.

≈

致幸存者

一置入电池，开启收音机后，我没多久就找到了频率，立刻又听到那三个音符。音符停止后，一阵短暂空档，然后，终于是那个声音，约莫四十岁，或许五十岁的男性声音，坦然而清亮，稳重而沉着，说话简单明了，想必是个军人。每一句话之间都停顿约两三秒，仿佛想让人听清楚每一个字，好好消化每一项讯息。

“今天，二〇……嚓……七……嚓……五月二十八日，本讯息的对象为幸存者。

若您能收听到本……嚓……意味着我们再过几天即将抵达您所在的地点。

我重复……嚓……再过几天……嚓……达您所在的地点。

请务必留在您所……嚓……安全场所。您每个整点……嚓……警报，千万别出来，我们会至每一户敲三次门。

我重复，您每个整点都会听到……嚓……千万别出来，我们……嚓……三次门。”

接着又是那三个循环的音符。我错愕地把收音机关了。不必再重听这讯息，已经非常清楚了。我转向光儿，她双眼仍紧盯着小扩音器。

“果然和我想的一样！就快了……我想一切就快了……”

我无法把句子说完。我的嘴巴无法阖上，后半段句子悬在我喉咙深处——其实，应该是悬在我心深处，因为我心脏狂跳，像发了疯的鼓。我太阳穴发烫，胸口简直喘不过气来，我不敢相信自己即将说出口的。

“丫头，你知道发生了什么事吗？”

光儿似乎没反应。她用一种我没见过的神情望着我，那表情我难以解读。

“光儿，我想战争结束了。”

战争结束了。

对她而言，这句话的意思是：一切即将改变。再也没有什么会像原来那样了，你所熟知的一切都将消失。

光儿知道什么是战争，就是战争逼得她必须躲在地底下或这栋漂亮屋子里，过偷偷摸摸的惶恐生活。她到现在为止也只经历过战争。这种生活会让肚子痛，因为经常腹泻；会让牙齿痛，因为必须用生锈的老虎钳在尖叫声中拔牙；会让脚痛，因为脚很酸；会让头痛和心灵痛，这场战争甚至会让大人在夜里哭泣——她觉得似乎大人尤其容易哭泣，因为他们经历过之前的生活。她已经习惯了这场夺去太多孩子性命的战争，在底下，许多孩子呕吐得太剧烈，发烧得太严重，许多孩子明明只受了小伤，伤口却受到感染，肌肉腐败了。最早感染的那些孩子是死于败血症，他们身上发出的恶臭令人难以忍受，只好将他们移到较偏远的廊道。起先，大家还会好好照顾他们；但随后，他们逐渐被淡忘，毕竟还是得寻找食物；后来某天，有人去看他们，结果发现有老鼠忙着啃食腐败得比较不严重的皮肉。从此以后，尸体一律扔回地面上，扔得远远的。渐渐地，有人建议截除身体腐败的肢体，用斧头和旧刀子，尽管救不了任何人，好歹能大幅缩短所受的折磨，长时间下来，有伤口腐败且自知没救了的人，就会请别人替他们截肢，免得死前还要全身发臭和受很多苦。这算是一种失血过多的自杀，一种美化过的安乐死，皆大欢喜。

这便是光儿对世界的了解。这就是她大半辈子的生活。这就是战争。

可是一个没有战争的世界，是什么模样？怎么知道不会更糟呢？

重点是，在这个没有战争的世界里，会有爷爷先生吗？

当然，她听过无数关于以前生活的事情和描述，她知道很多：医师和让人不必死掉的各种药物、又新又暖的衣服、蛋糕、家庭、大人、学校、电视、白天生活、晚上睡觉、大海、披萨、薯条和番茄酱、跳绳、足球、风筝、中学、婚礼、太阳、放假、工作、可以想买什么就买什么的钱、冬天的暖气，以及夏天的电扇。但这一切对她来说，都只是传说故事。对光儿而言，这些事从来不曾真正存在。

爷爷先生逐渐回神。

“光儿，你想过没？你终于又能出门，能找到你的家人，谁知道，说不定你在世上仍有爸爸或妈妈，有兄弟或姐妹？太难以置信了……他们要来救我们了……”

小女孩很害怕。拜爷爷先生之赐，好不容易能过上好日子，好不容易能爱人和被爱，终于能够过一个小女孩梦想能过的生活，甚至还更好。可是此时此刻，一切却即将生变。

绝对不能让人剥夺她的这一切。她的恐惧转为愤怒，先是跺脚，一面用手挥着大大的不要，随即连头和整个身体也在说不要。

“不要，为什么不要？你不要他们来救我们？”

她不要爸爸或妈妈，也不要兄弟或姐妹。斗大的泪珠不停落下，她跺脚跺得更用力了。

“别这么激动嘛！不然你希望怎么样呢？”

光儿瞬间安静下来，忍住泪水。她力图镇定，用食指指着爷爷先生，指头颤抖却坚决，深情却心碎。

“我明白了……”

老人向她伸手，光儿被泪水沾湿的小手，钻入他的大手里。

“你知道吗，我没有要抛下你。绝对不会。我最希望的事，反而是和你在一起，看你要我陪你多久就陪你多久。我会照顾你，教你识字，等到你终于愿意开口说话，这些字就能派上用场。事实上，我之所以提到兄弟或姐妹，是为了给你希望，是想跟你讲未来。战争结束，并不代表你和我的共同生活结束了。才只是开始而已，是另一个更好的开始，有阳光照耀的。这个开始，叫做自由。你知道吗？自由，就是不必再害怕。”

光儿握着老人的手，跑去坐在他腿上，背靠着他的胸口。她累坏了，因为已经连着几天没睡好，也是一种新的恐惧使然：为了不必再恐惧而感到恐惧。

“你都不知道将来能过的生活有多棒。首先，清单上的事情，你通通能做，是呀，这也是自由的一种。然后，你会长大，过程又快又很慢，你到时候就知道，人生就是这么奇怪。我这辈子太艰苦、太沉重，又太悲惨，好像我已活了无数次人生。然而以前，没有痛苦的时候，譬如战前或现在这样和你在一起时，我常常觉得时间过得太快，觉得这把跟不上灵魂脚步的老骨头只是一场噩梦，觉得我事实上才二十岁，或者顶多三十岁，一切还能重来，一切都还有可能，凯特琳和我一样年轻，这个世界是我们的，我们尽情享受每一秒，所剩的时间不多，却还有好多事情想做。但不幸的是，我已是个不折不扣的老头子，努力想忘掉倒数计时罢了。然而，如果回顾一生，我知道我尽力了。我没有做完每一件事，但我做了很多事。重点是，我做了最重要的事：我爱过。这就是最重要的。既然战争结束了，这也就是你未来能做的：尽情地爱和享受自由。其余的，都只是空洞而迟早要流失的东西。”

光儿的背原本贴着爷爷先生的胸口，但她挺起来，把脸转向他。老人得以从小女孩的眼神中看到，愤怒和恐惧消散了，然而，依然有一丝阴影，仿佛是某种恐惧，或者说得更确切一些，某种等待。

“但在那之前，我们会一直待在一起。光儿，没有什么能让我们分开，因为你和我呀，我们是一家人。”

小小眼眸中的阴影消失了。过了几秒钟，小眼睛闭上了。他们上楼睡觉。

她不要爸爸或妈妈，也不要兄弟或姐妹。

斗大的泪珠不停落下，她跺脚跺得更用力了。

“别这么激动嘛！不然你希望怎么样呢？”

光儿瞬间安静下来，忍住泪水。

她力图镇定，用食指指着爷爷先生，

指头颤抖却坚决，深情却心碎。

“我明白了……”

老人向她伸手，光儿被泪水沾湿的小手，

钻入他的大手里。

≈

The little girl who looks for the light.

≈

正常的生活

因为我们很晚才睡，或者应该说很早。我作息错乱，在大白天醒来，第一件事便是聆听收音机：一模一样，今天确实是二十八日。再过几天，他们便要来救我们。到底还要多少天呢？我也不知道。我猜这讯息刻意设定为短距发送，仅仅几公里或几十公里，这样我们才不致太早或太晚接收到讯息。真正的得救，会是听到每个整点都播放的那个警报。现在想来，这种措施真聪明：用一种很容易辨识的讯号，让人可以在一天当中听到它愈来愈接近。

我运用少许逻辑和大量盼望，快速思考了一下：预计在接下来的两三天开始听到警报声，然后不到二十四小时，他们就会来敲我们家门。说不定十二小时就够了。

我上楼叫光儿起床，但也知道她一定还没睡饱。可是好不容易才让她渐渐能在天黑而非天亮时入睡，我并不希望新养成的作息又乱了。新的生活即将来敲我们家的门，而假如是一般正常生活的小女生，应该要夜里睡觉才对。

“起床咯，懒惰虫！起来，起来，小姑娘，该起床了。不要，你真的不起来？好吧，算了，那就看不到你的房间咯。对，你没听错，你的房间。”

她起床并穿完衣服所花的时间，比我穿一只袜子的时间还短。

“来吧。从今晚起，你将有你自己的房间，一个正常小女生的房间，就像正常生活该有的那样。我知道，你自己一个人睡，恐怕会有点害怕，但还是很值得试试看，再说，你迟早得适应。但我想你应该会喜欢你的小女生房间才是。”

我们穿越了走廊，我从口袋拿出钥匙，打开了房门的锁。我已近七年不愿再见到这个房间。

很不容易，但一般正常的时候，面对一个从没体验过自由的孩子，一个老人绝不会锁住任何一道门。

爷爷先生要光儿先闭上眼睛一会儿，等他先把门打开，把提灯放到房间的中央。小女孩屏住气息。

“你可以看了！”

她感动得想哭。如果世上真的有公主，她们一定都梦想着能有一个像这样的房间。有两面白色墙壁，还有两面是粉红色的；正中央，有一张同样是粉红色的床，床上摆了四个饱满的大抱枕，抱枕之间躺着大大小小的各式动物布偶；床头有满满一箱形形色色的玩具，以极微妙的平衡矗立着，光儿连碰都不敢碰，就怕这座结构脆弱的小山崩塌；床的正前方，白木书桌上，有许多大张的图画纸和三盒彩色铅笔；书桌上方，两层置物架上，展示着数量相当惊人的洋娃娃，一个比一个漂亮，身上衣服的绸缎和蕾丝光泽动人。如果搬来这个房间，漂亮妈咪一定会有伴，绝对不会无聊！

“感觉你喜欢你的新房间哟！请你给个面子，务必要在这里面尽情玩耍，这是个房间，不是博物馆，你完全可以把这里弄得乱七八糟，每一个玩具都可以拿起来玩，就像正常生活那样！这样讲，你应该明白了吧？好，那就先去床上跳一跳，看看它的弹性如何！”

光儿也不客气了，以自己的区区十几公斤体重，立刻在厚厚的床垫上跳来跳去。她愈跳愈高，每跳一次，腿也更用力蹬，甚至尝试来几个花式动作，最后趴落在床上，倒在两个抱枕之间，呵呵笑得乐不可支。

她抬起头时，发现床头上方的墙壁上挂着三个她之前没注意到的相框。她跪起来，缓缓靠近：是照片。

最上面那张，是两张笑盈盈的脸孔。其中一人是光儿差点认不出来的爷爷先生，他没有胡子，看起来年轻许多，而且有着浓密的褐色头发。另一人是个鼻梁短翘、浅栗色头发绑成马尾的绿眼女子。光儿立刻就知道这位稍有年纪的女子是个很和蔼的人，她仿佛散发着慈祥的气息。两人都显得幸福洋溢。

中间那张照片里的脸孔，笑容较不灿烂，表情也较令人费解。照片中的男子年轻又帅气，一双绿色的眼眸和上方照片中女子的一模一样。但他的眼神令光儿觉得怪怪的，甚至有点不舒服。他身旁年轻女子的头发半边是蓝色，半边是绿色，黑色的眼影画得很浓，口红又红得太鲜艳。她似乎感到无聊，或纳闷自己为何要出现在这里。光儿又看了看年轻男子的脸，终于明白他的眼睛到底哪里奇怪了：他的眼神像个小孩子。

看到第三张照片，她不禁愣住了。她惊讶地停顿片刻，看了看爷爷先生，又再度端详照片许久。她示意要老人待着别走，随即跑去另一个房间，带着洋娃娃回来。她爬到床上，举起漂亮妈咪，把陶瓷小脸跟照片里的脸蛋并排放在一起。

太惊人了：漂亮妈咪和照片上的小女孩，简直是一个模子刻出来的。

光儿背后传来爷爷先生哀伤的声音。

“我太太一看到这个洋娃娃就心动了，因为它实在太像我们的孙女。她叫莉莎。很漂亮，对不对？”

光儿点头赞同：小女孩和漂亮妈咪一样漂亮，说不定还更漂亮些。细致的鼻子、一对杏眼、浅色的头发，以及陶瓷般白皙的肌肤：根本是洋娃娃般的脸蛋。

光儿已经听过爷爷先生提起“莉莎”这个名字好几次，但每次他神情都变得凝重，不愿再多说。

小女孩感觉到，或许该是时候问一问那萦绕心中许久的问题，多认识一下这个似乎对他非常重要的小莉莎。然而，她不知道该如何表达。

短暂却认真地思考片刻后，她想到了一个似乎万无一失的办法。

光儿看那张莉莎的照片看得入迷。我知道她在想什么，但我一点也不想谈。原以为她又会像平常那样，使出浑身解数比手画脚，没想到她居然平躺在地上，吐舌又翻白眼，很优雅地咿咿啊啊了几声，最后吐了一口大气作收。

这滑稽的一幕把我逗笑了，这才发现我非回答她不可。

“对，她死了。我的小莉莎死了。”

这句话一讲完，我感到心中伤口又裂开，原本以为已如止水的眼泪又要夺眶而出，仿佛内心掀起惊涛骇浪。我立刻就查出了令我情绪崩溃的罪魁祸首：字句。

这是我第一次开口说出莉莎死了。

这几个字之前从来不曾从我的嘴巴说出过，从来没有人听我说这些话，我终于有对象可以诉说了。这些字句将我狠狠咬住，把我推向痛苦的深渊。

然而，很快地，那感觉起了变化。天崩地裂的同时，也是如释重负的开始。令人喘不过气的负担变轻了。

亲口说出莉莎已死，无非让我的莉莎又死得更彻底些，却也犹如在我伤口敷药。话语无法让我痊愈——有某些爱的创伤，是我们永远不希望它真正愈合的，但我已经感到轻松一些。就只是借由亲口说出来而已。

今天以前，我一直只懂得音乐的力量，不懂得字句的力量。言语的力量、文字的力量呀！我这才意识到，所有这些使我从前对滥情的廉价小说或流行歌曲不屑一顾的陈腔滥调，其实是再简洁不过的真理。倘若从未亲口表达爱意，称得上真正爱过吗？倘若不曾呐喊出自己的恨意，称得上真正恨过吗？如果不亲口说出来，真能深切体会自己的感受和情绪吗？

应该不行。人唯有言谈时才是有力道的，唯有说话时才是真实的。

言语是人类特有的天赋。

如此一来，我更认为光儿必须开口说话了。一定要的。为了她的幸福，也为了渡过不幸难关。

她若想活下去，就必须说话。

倘若从未亲口表达爱意，

称得上真正爱过吗？

倘若不曾呐喊出自己的恨意，

称得上真正恨过吗？

如果不亲口说出来，

真能深切体会自己的感受和情绪吗？

应该不行。

人唯有言谈时才是有力道的，

唯有说话时才是真实的。

≈

The little girl who looks for the light.

≈

生日

我起得很早，天还没亮就起来了，希望能在光儿一醒来就祝她生日快乐。我睡前刚好想到个点子，即把纸剪成碎碎的小纸花，洒在她身上，算是个小惊喜吧。这是她第一次庆生，纸花其实只是最基本的而已。

她的房门是关着的，让我大大松了一口气：这是她第一次独自过夜，结果并未如我所预期的那样来敲我房门，也没让房门保持敞开。

我很以她为傲。

她当然还是刻意在床头柜上留了一盏灯，抽屉里也准备了一些蜡烛，但关于独自在黑暗中睡觉这件事，她以后多的是时间练习，等过几个月或者几年再说吧。毕竟话说回来，就算她后半辈子都要求开着夜灯睡觉，只要想想她曾长达八年在下水道度过，任何人一定都会觉得这种行径情有可原。

准备下楼梯时，我听到下方有动静，像是喀啦声。

“光儿？”

没有回应。

“光儿，是你吗？”

依然没有回应。我明明很确定不是幻觉，一楼确实有声响。

我回过头，轻轻推开光儿的房门。她不在床上，床头柜上的提灯也不见了。我忍不住微笑：原本想给她个惊喜，没想到似乎被这小家伙抢先一步呀！

所以我若无其事从容下楼，想适时假装很惊讶的样子。

到了客厅，一个人也没有。我等了一会儿，但什么事也没发生。我像平常一样，点亮蜡烛。接着我去了厨房，但光儿也不在厨房里。我开启煤气炉，烧开水准备泡茶。

我再度穿越客厅，打开了小书房的门，但仍不见光儿踪影。

我敲了敲厕所的门，把门打开，小水桶才刚刚用过，但她也不在这里。

顿时之间，我心头一阵惊慌。我回到厨房，掀开通往地下室的活动门板。没有人。我回到楼上，一面呼唤她。光儿并未回应我。

一下来，我马上又整个巡一圈，我开始愈来愈大声呼唤她，呼唤得太大声了，但我想不透，而且我很担心她。好端端的一个小女孩，怎么会在家里凭空失踪呢！

该不会有人进来过？该不会有那种人把她带走了？

我检查了所有出入口：门、窗、气窗，通通完好无损。没有任何人进得来。

毫无头绪之下，我走向大门，于是立刻明白了：大门是关的，可是门锁和门闩都是开的。

我起床时听到的喀啦声，其实就是这个：有人关上大门的声音。而这个人，就是光儿。

实在叫人想不通。

光儿出去了。

自己一个人出去了。

为什么？

我即使想破了头，仍想不出个所以然。所以，我只好改问另一个问题：说不定她不是出去，而是……离开？

昨晚，看到我为莉莎如此痛哭，我看得出来她也很激动，仿佛心情受到打击似的。是否比较的心态令她难过了？比起我的小孙女，光儿是否觉得自己失宠了？

我继续来回踱步，随即进到小书房，希望能看到她在屋外，也许可以向她招手，要她停止这危险的举动，赶快回来，和我一起待在安全的屋内。

我在客厅里才走到一半，就隐约听到外面有动静。

远方，有个声音。

我竖起了耳朵：没错，有声音。但这次没那么遥远了，它愈来愈靠近。

但并不是警报的声音。

是尖叫声。是个小女孩惊吓的尖叫声。这声音正飞快冲向我家。

光儿能感觉到那种人在她背后穷追不舍，也能听得到他沉重的步伐踩在柏油路面上的声音。

怎么会出这种事？她明明都按照规矩行动，马路上看起来也很空荡、很平静……

说不定她没有犯任何错，只不过是在不对的时机，来到一个不对的地方。造化使她和那种人撞个正着，也没有什么特别理由，纯粹是彼此走向了对方，如此而已。

如影随形的厄运呀。

她跑得快要虚脱，偶尔回头，看看那个人跑到哪里了。他手上握着一把刀，似乎每一次都更接近她一些。光儿很后悔以前在底下时从来不肯参加跑步训练。她曾经试过一次，结果输其他女生输得一塌糊涂。她不明白为什么自己没办法和同龄女孩跑得一样快，一气之下，再也不肯参加。幸好，那个人跑得也不快。光儿注意到他有点跛脚。

她第二次回头，清楚看到他大腿绑着绷带，血迹渗透了长裤。

那个人虽然跑起来一跛一跛的，却不死心地紧追在后。她又第三次回头，随即向左急转弯，弯进爷爷先生家的巷子，她看到那个人向她伸出手。光儿失声尖叫。她能感觉到刀锋划破毛衣，掠过她的皮肤。旧羊毛衣的布料散裂了，但她的速度并未因此变慢。

再撑几秒钟就得救了。

光儿上气不接下气地回到家门前，她不禁纳闷进屋后会发生什么事。爷爷先生还在睡觉吗？如果他已经醒来了，帮得了她吗？那个人个子比他小很多，也没那么壮硕，但比他年轻很多，而且手里握着一把刀……

距离台阶只剩几公尺，光儿正要伸手去握门把，忽然想到，要是爷爷先生上了门锁，或者哪怕只拉上一个门闩，她就完了。

她再一次陷入千钧一发的危机。她的性命，再一次全得倚赖她的英雄。

一切都发生在一瞬之间。

我才刚转过来，门把就忽然被按下，大门在乒乒乓乓声中打开。光儿冲进来时没看到我，我在她左侧，但她奔向右侧的楼梯。我开口想喊她，但大门撞到墙壁弹回来，才刚关上，又猛然打开。

忽然冒出一个人，追着她上楼。是那种人。他冲得很快，快到我差点没看到他身上沾着血迹的衣服，和手上的那把刀。

他几乎要追上光儿了，一踏上楼梯，却突然放慢脚步，发出愤怒和痛苦的吼声。

我没感觉到害怕，根本来不及。我知道接下来几秒内必定要溅血了。虽然很不合时宜，但我脑海里浮现一座天平：左侧托盘上，是那种人的胜算；右侧托盘，则是我的胜算。

他年轻，我年老。

他受了伤，我没有。

他有武器，但我也有刀子。我跑到厨房，拿了一把最大的菜刀出来，刀面有足足三十公分长。

上下摆荡的天平呀。

那种人仍在楼梯间。我听到他每爬一阶都多耗费掉一点体力。这是个好现象，他爬楼梯愈来愈吃力，光儿一定已经有足够的时间躲起来。时间，我只需要时间。只要抢在他找到她之前赶到楼上就行了。

我手里握着菜刀，正要从厨房出来，炉子的火焰忽然吸引了我的目光。炉子上方有个锅子，锅子里是准备用来泡茶的沸水。

我握起锅把，走向楼梯。

我两手都有武器，胜算的天平刚刚倒向我这一边了。

光儿躲在爷爷先生房间的衣柜里。那种人没追上她，她甚至有足够的时间调整自己的呼吸，就算他来了，也不会听到任何她的声音。

她很纳闷，不知爷爷先生去哪里了？可以确定的是，他不在床上。万一他出去找她，那就惨了，如此一来，那种人就能从容不迫地搜索整层楼，最后必定会抓到她。

等于她必死无疑。

她听到那种人每爬一阶就发一次牢骚，刚刚在马路上狂奔，他的伤口一定裂开了。

忽然间，没有声音了。他到楼上了。

光儿瑟缩在衣柜角落，从衣架取下一件长外套裹住自己，然后她向上天祈求，让那种人从另一个房间搜起，让他慢慢去打开柜子、查看床底下、检视玩具箱，这样她就能有缓冲时间，尽管她也不知道赚到的时间要拿来做什么，顶多只能再更往墙壁退缩罢了。

运气并未对她微笑，她听到那个那种人走进爷爷先生的房间。她感觉到心脏狂跳得快要令她窒息了，她用双手捂着嘴。脚步声直接走向她所在的衣柜，仿佛那种人已经知道她躲在哪里似的。

她听到他直接把衣柜门拉开，不知基于何种直觉，她把长外套降到鼻子以下，不等那种人来找她，就自己先挺身出来，仿佛她想直视死神的双眼。那种人把手挥向她，光儿正要惊声尖叫时，忽然听到爷爷先生也在那种人背后大叫。那是一声融合了原始恐惧和绝对愤怒的吼声，就像宣战的呐喊。

光儿看到那种人的表情因错愕而僵住了。他刚转向爷爷先生，就立刻用手臂遮脸，想保护自己。为时已晚，沸滚的水烫得他哇哇大叫，阵阵水汽从他的皮肤直往上冒。然后一个锅子以一记闷声，从他头顶重重砸下去。

那种人当着我的面跪了下去，他似乎太痛苦了，应该没感觉到我使尽全力扔过去的锅子。他皮肤的某些地方似乎脱落了，仿佛表皮融化了。

我一时停不住，高举起菜刀。但就在刀子要落下的那一刻，我从他后方，亦即衣柜的深处，看到了光儿惊恐的小脸。

于是，一如她对洋娃娃说话那样，我也在自己心里对她说话，并深信她一定能明白我的意思。

光儿，请你原谅我。我不得不变得和他们一样，成了禽兽，成了杀人凶手。

至少，这一次，我绝不犹豫。我把刀子往下挥，用尽全力朝脖子底部斜砍下去。

刀锋插入肉里，鲜血四溅，发出令人无法忍受的喷涌声。

这个声音，我七年前就听过了。

她再一次陷入千钧一发的危机。

她的性命，

再一次全得倚赖她的英雄。

≈

The little girl who looks for the light.

≈

死者

这种退隐的日子，莉莎和我已过了近一年，我们时时保持安静，经常活在恐惧里。当然，这样称不上幸福，但我们仍有快乐的时光。

光是看到她好端端活在人世，就是个奇迹，让我心满意足，我每一天都想尽办法让她遗忘我们所经历过的不幸，依每天不同的心情，扮演玩伴、老师或小丑的角色。

不论是白天或夜里，我们经常听到那种人在我们这条街上或者附近说话和吼叫，吓得我们魂不附体，躲到厨房的地下室紧紧相拥。

然而，接下来几个月，这种情形逐渐减少，我们愈来愈少听到那种人的动静，我猜是因为他们渐渐远离了，他们认为已铲除完最后一批最顽强也最矫捷的幸存者了。有时我甚至希望，这座该死的城市里除了我们以外，其他人通通死光算了，这么一来，那种人就会撤离，带走我们所有的恐惧。

我们已经好几个星期不曾听到任何说话声，但某天下午，我睡午觉时，一阵玻璃破掉的声音把我吓醒。我立刻跳起来，打算再次好好训诫莉莎一顿，她太笨手笨脚，经常打破杯子。我再三告诉她，再这样下去，我们不到一年就将没有杯子可用，当然，除非她在那之前就先害得我们的踪迹被发现。

然而，我都还没下楼，莉莎便很紧张地从楼梯上来找我。

“爷爷，不是我。”

“什么？”

“那声音不是我弄的，我没有打破东西，我发誓。我坐在桌子前画图，那个声音是从小书房传来的。好像是窗户。”

小书房的左侧窗板已经破损很久了，这要追溯到亚贝托小时候某天，把我从日本带回来的一把收藏刀取下来玩，他幻想自己是进攻敌人城堡的忍者，从外面院子不断挥砍窗板，把窗板劈成两半，最后才由凯特琳制止，并没收他的玩具。我们家没有人睡这间书房，即使外面路灯照进来也无所谓，我便从来都没有去修补那片窗板。

此时此刻，我实在很后悔自己平常没有多注意这种生活中的小细节。窗板的那个破洞足够让一个男人把手伸进来、打破窗户的玻璃，再由内把窗户打开。然而，我认为这种可能性极低，那种人要是知道我们住在屋里，才不会那么客气从窗户进来，而会粗暴得多。

我牵起莉莎的手，却也不太知道该怎么办才好。通常，假如必须藏起来，我们都是躲去下面。可是这次，下楼太危险了。所以我们退回我的房间，席地而坐，就坐在窗户和床的中间。

我们听到楼梯间有脚步声。有人闯了进我们的家。

尽管还不知道敌人是什么模样，我们祖孙俩已吓得无法动弹。

入侵者在走廊上搜查了一番，随即推开房门。是那种人。显然，他只有一个人。

他一见到我们，眼神立刻因见到猎物而亮起来。好个惊喜呀，仿佛刚从天上掉下一个礼物。

他一手握刀，一手握枪，枪口缓缓指着我。莉莎惊叫了一声，那种人立刻把刀子竖在嘴前，比了个长长的“嘘”。他退回走廊，枪口仍指着我，一面朝背后的楼梯下方瞥了一眼，仿佛想确认没有其他人跟过来。这个当下，我看清了他的意图：

他想要独享我们。

他回到房间内，向我们比了个奇怪的手势，头也以奇怪的方式摆动。他看起来有神经病。他不发一语，示意要我们站起来。我站起来后，他再度显得惊讶，但这次是因为我的身高的缘故。他手里仍握着枪，要求我走上前来。我硬是把莉莎的手放开，她开始默默掉眼泪。我想安抚她，那种人却命令我闭嘴，并要我走快一点，他的手势是如此不耐烦且粗鲁，我觉得他根本就是有病。

我站到距离他一公尺的地方时，闻到了他身上浓浓的酒臭味。他其实不是疯了，而是醉了。我不晓得这样到底是比较好还是糟透了。

他叫我转过去，用枪口抵着我的腰杆子。我不等他说，自己乖乖举起双手。人因为怕死，会变得比平常顺从。他把另一只手里的刀子放在柜子上，将抽屉逐一拉开查看，把里面的东西通通翻出来。他最后挑了两条又细又长、一红一白的皮带，是凯特琳以前留下的。他叫我躺在床上，并把枪口塞进我嘴里。他开始把我双手捆绑在床头栏杆上。情况很不妙：他并不打算立刻杀了我，而想让我亲眼目睹他的残酷虐行。他花了好一段时间捆绑我，把绕着我手腕的皮带用力束了又束。

然而，他打的结却成了他最大的败笔：首先，皮带的质料很有延展性，我的皮肤也是——身为老人，这一身松垮而有延展性的皮肤，终于有一次派上用场了；再者，他一手拿枪指着我嘴巴，所以只能用一手捆绑我，我当下便知道自己只需要几秒钟就能摆脱皮带的束缚。

大概多亏酒精之赐，他一点也没发现异状。他把枪从我口中抽出来，还不忘扯一扯皮带，再次确认捆绑得是否牢靠。我努力假装被捆绑得很难受的样子，他则走向莉莎。到了柜子前，他停下来一会儿，显然若有所思。

他看了看摆在柜子上的刀子，又看了看手中的枪，最后望向莉莎。

我好想呕吐：他正在衡量利弊轻重，考虑要用哪一种凶器杀我的小孙女，想从人类无数的残忍酷刑当中，找出一种最惨无人道的方式下手。

最后他放下手枪，拿起刀子。这时，他看了看我，向我指了指莉莎，一面把刀子从底舔到顶，在刀尖停顿许久。

我简直要发疯，默默而不形于色地发疯，就算内心宛如熊熊烈火燃烧，我唯一的办法就是装得既无力又丧气。因此，等他一背对着我，走向莉莎，我立刻用力扯皮带，双臂使尽全力挣扎，以便快速脱身。

那个那种人抓住莉莎的手臂，拉她站起来，让她面对他，而这时候，我的左手已挣脱。

我设法抽出右手的同时，他注意到房间角落有一面大镜子，他似乎想到一个令他高兴的好点子。于是他一把抓住莉莎的肩膀，把她用力转过去，让她背贴着他，让两人都面对镜子。

等我曲起双腿，转成侧身，准备坐起来时，他已经把刀子架到莉莎脖子上，恣意享受她的恐惧，把刀锋缓缓向下，往她睡衣的扣子移动。他割断了第一颗扣子，又割断了第二颗。

他割到第三颗扣子，使我的小孙女的睡衣滑落而露出肩膀时，我跳了起来，奋力抓起他留在柜子上的手枪。

于是，真正的噩梦就此开始。

那种人从镜中看到我的身影从他背后扑向他，立刻把刀子往上举向莉莎的脖子。

我把枪口贴到他太阳穴上，站到他背后，就像他站在莉莎背后那样，莉莎泪眼婆娑，惊恐地望着我。

有好长一段时间，没有任何人吭声。我们三个人都在镜子前，一动也不动，仿佛被彼此的脸孔催眠了。

莉莎眼神中的惊恐令我心碎。那种人似乎很错愕。我并未真正看到自己：我只瞥到从我口中流出的唾液。

我吼了一声。我手里有枪，占有优势，这一点是确定的。我把枪口按得更用力，让他明白他已无力回天，就算我比较老，他也来不及抓住我的手臂或是把枪夺走。再怎么快，也快不过扣着扳机的手指。

他似乎思索了一会儿，我从他眼神中看出，他明白了自己的无奈，明白了自己无计可施。

于是，从他脸中，我看到了一个最可怕的表情。

一抹笑容。

他从镜中直视了我，对我露出微笑。这微笑中的恨意比任何辱骂都深，杀伤力比任何拳打脚踢都重：这是魔鬼的微笑。

他知道他可以做出比杀我更痛快的事，可以造成比死亡更痛苦的伤害。

我在一瞬间明白了，但紧接着是两段平行进行、仿佛漫无止尽的时空：一个是我的手指扣下扳机，一个是刀子划破莉莎的喉咙。

子弹打爆了那种人的脑袋，同一时间，在镜中，莉莎的脖子飞溅鲜血。

那种人的躯体倒在我脚边时，莉莎则跪了下来。仿佛无法相信自己所看见的，她凝视着自己的映影，脖子上偌大的伤口喷出愈来愈多的鲜血。

她当着我的面倒了下去，我连扶住她都来不及。

我跨过那种人的躯体，弯下身去看莉莎，把她半抱起来。

她凝视我许久，眼神中有千万个疑问。我的双眼完全不知该如何回答：它们已太忙着为她哭泣。

她还想再说几个字，鲜血却以短促的咻咻声，不断从她脖子冒出。

这个令人无法忍受的声音，我从此再也忘不了。

这个声音，是生命缓缓离开我心肝宝贝的声音。

光儿从柜子深处看到刀锋插入那种人的脖子，以及随即喷溅的鲜血。

尽管她年纪不大就已见过非常多的尸体，却从未亲眼见过一个人杀另一个人。

暴力的夺命过程把她吓坏了。

她一动也不敢动，鲜血的气味扑鼻而来，那如铁般厚重的味道呀。

她抬头望向爷爷先生，他手中握着血淋淋的刀子，同样也是一动不动。他仿佛停止呼吸了。

他面无表情，如石头般冰冷严峻。

他看着那种人的鲜血泄流殆尽，耐心地等待他变成一具尸体。

仿佛对于令她惊恐的事完全无动于衷。

在如同无止尽的几秒钟当中，这个眼神冷酷的老巨人令光儿害怕了。她仿佛从爷爷先生如此慈祥的面容下，看到了妖怪巨人。

幸好，她看到他的眼神回复光泽，仿佛在结冰的湖泊水底待了太久，终于浮回水面似的，他如得救般用力深深吸了一大口气，让空气填满整个肺。他犹如大梦初醒，终于明白死神已找上了那种人，他显得和光儿一样惊恐。

小女孩安心了，老人后退了几步，放开手中的刀子，刀子直挺挺插进地板。

爷爷先生脚步蹒跚，差点跌倒，他用手摸索床铺，整个人瘫倒在厚厚的床垫上。他的眼神与小女孩的眼神交会，那是个泛着泪水而寻求原谅的眼神。

于是光儿从柜子里冲出来，扑进爷爷先生的怀里。

她哭得很激动，老人简直以为会看到痛苦和恐惧从她双眼流出来。他以哽咽的语调，轻声在孩子耳边呢喃：

“他再也不能伤害你了……到此为止。他再也不会追着你，永远不会了。”

忽然间，他挺起身子，抓住光儿的肩膀，直视她的双眼。

“光儿，你为什么要出去呢？为什么？”

现在，他简直是用喊的。

“你到底在想什么？你倒是说话呀！快说！你这样跑出去，很可能没命啊，岂有此理！”

光儿哭得更大声了，她翻找自己长裤口袋的最深处。她伸出握着拳的手，举向爷爷先生。她缓缓打开手心，送给他一个让她宁可冒着恐惧和危险都要取回的精美小东西，是他们一起出去寻找收音机的那天，她在那栋大房子里发现的，一只很小的雪白陶瓷猫像。

爷爷先生，生日快乐。

她当然没有真的说出口，不过，她很希望能亲口说。老人以修长的手指，从小女孩手心接过这只小猫，小心翼翼合起手掌，仿佛捧着一只初生雏鸟。他把光儿拉过来，非常用力地抱住她。

“谢谢，我的小光儿。你也生日快乐。”

小女孩紧紧依偎着他。她的英雄听到她所说的话了。

他的眼神与小女孩的眼神交会，

那是个泛着泪水而寻求原谅的眼神。

于是光儿从柜子里冲出来，

扑进爷爷先生的怀里。

≈

The little girl who looks for the light.

≈

警报

我请光儿先待在她自己的房间里，好让我把那种人的尸体搬去院子。

我从衣柜里挑了一条最破旧的床单，费尽九牛二虎之力才塞到尸体底下，以方便拖行，就像我八年前做过的那样。但自从凯特琳和亚贝托那次以后，我做起这种事变得更吃力了：我仅存的一些体力已彻底离我而去，光是跪下来，把尸体翻成侧身再放回来，就足以累得我满头大汗、气喘吁吁，且心悸不已。然而，我别无选择：绝不能让尸体留在屋内。

等好不容易把床单垫到尸体下，我休息了好一阵子。我坐在床上，终于能好好观察他腿上的伤——也就是使他爬楼梯时如此痛苦的伤口。我把包扎伤口的布条拆下，虽然一点概念也没有，但觉得那个很圆又不算大的伤口似乎是子弹所造成。这子弹是来自他的同伙，来自另一个比他更醉的那种人，还是来自我们收音机里的救星？他是否正在逃亡，碰巧遇上了光儿？他是否认为自己可以再一次夺走性命，争取最后一次胜利？

我缩短休息的时间，免得让光儿关在房间太久。我隔着门不停地对她说话，让她安心。

我开始施力，断断续续拉扯床单，但尸体几乎纹丝不动。我使出全身的力气又用力拉，结果它稍微移动了一些，大约二十公分吧。我简直觉得自己永远也做不成，一个骇人的念头在脑海中闪过，那个念头令我大吃一惊，我也因此对自己起了戒心。尽管我深知自己不可能做出如此可怕的事，心里好歹仍浮现了这个构想，甚至思考了该如何着手。在我还没杀过人以前，这是从未发生过的事。两度成为杀人凶手，就算是正当防卫，就算是不得已，也必定使我起了变化，使我成了禽兽。那么，界线到底在哪里？要是我杀了五次或十次，是否就能够折磨别人、残杀别人、灭绝别人，并且否认自己全部或局部的人性？

我意外发现，那种人身上令我痛恨的特质，竟然在我自己身上也有种子。

我努力不去想这些令我纠结的念头，一而再再而三地拉扯床单，终于把它从房间拖出来。我再度休息了好一阵子。

我觉得自己挺冷血的。战争还是趁早结束吧。

我把它拖到走廊上，往楼梯的方向拖，但才不到两公尺，我已疲倦得全身发抖。我听到光儿从她的房里发出哼吟声，我告诉她要耐心一点，我马上回来。

她知道爷爷先生正在处理像以前在底下的小孩子做的事情。尸体不可以留在人住的地方。

爷爷先生已经好一会儿没和她说话了，没有一句“还好吗？”没有安慰她的“光儿，我在这里哦”，什么也没有。刚才，她稍微发出一点声音，他也回应了，但已经是一阵子以前的事了。

她又等待了一会儿，然后再也忍受不了这种沉默。她决定数到三十，数两次以后，就要采取行动了。

她数得很快，数完立刻发出哼吟。由于没有回应，她心想老人大概没听到她发出的声音。于是她把门稍微打开一点缝，再度发出哼吟。但光儿没有听到安慰的话语，反而听到呻吟，这呻吟很让人担心。

我感觉自己才短短一秒钟就流掉了一公升的汗水，而且我胸口痛，非常痛，仿佛有一只巨大的手掐着我的心脏和肺。我本能地坐了下来，没多久，痛楚便蔓延到我的脖子和左臂。

我放低身子，转成侧躺。如果死亡是长眠，不如先躺好。我试图喊光儿，喊了十次，但没有任何声音从我口中出来。幸好，体内的压力趋缓了片刻，我趁机发出了声音。

于是我看到我的小天使出现。我觉得自己似乎不会死了。

光儿跪到爷爷先生身旁，他躺在走廊上，距离那种人的躯体仅几公分而已。他呼吸困难，一手按着胸口。

小女孩一时之间惊慌失措，但很快恢复镇定。她急速下楼，端了一杯水回来，并用一个抱枕垫着老人的头。

“光儿，你真好……”

他开始咳嗽得很用力，接着似乎呼吸得比较顺畅了。

“别怕……你看，我已经好多了。我只是太老了，做不来这种粗重的工作而已。不，不，别哭……你今天过生日，已经掉了太多眼泪。我只要休息一下就好。然后，一切就会变得顺利，你等着瞧吧。”

光儿扶他起来，但他不想马上站起来，而是坐在地上，背靠着墙，抱枕垫在脖子后面。他强迫自己喝下那杯水，然后闭上眼睛几分钟。

光儿一秒也不离开，等他一有体力了，立刻搀扶他拖着脚步回到床上。

她扶他躺平，他又睡了一阵子。睡到一半，他醒来了，喃喃了几个她没听懂的字，还唤她作莉莎。

两个钟头后，她端着一碗热好的汤，把他叫醒，但他没能喝下。她帮他脱掉沾满血迹的裤子和衬衫。

她烧了一盆水，刮了一点肥皂屑，把脏衣服泡进水里。

我睁开双眼，映入眼帘的是光儿神情专注的小脸，她坐在我床边的一张小椅子上，仔细关心我的情况。

她在我额头上放了条湿毛巾。

她趴在地上，努力搓洗那似乎愈来愈大片的暗红色血渍的同时，血泊中小女孩的景象，又让我回想起和莉莎共度的最后时刻。

她的死实在叫人太难以承受。我无法任由她的遗体在这房间里腐坏，却也无法依循前例，让她躺在院子里她父亲和祖母的白骨旁。

这世上有惊天动地的爱，同样的，也有惊天动地的恸，它也能让你做出毫无理智的举止。以我而言，这天晚上，我有个近乎偏执的狂念，坚持要让我的小孙女的遗体安息在她最喜欢的地方，也就是以前每个星期天，我都会带她去喂鸭子和天鹅吃面包屑的公园。

我不顾危险，无视那种人的存在，怀里抱着莉莎的遗体，横越了一部分的市区。我直接走在每条马路中央，毫不躲躲藏藏，毫不掩饰地发泄和呐喊自己的悲痛和哀伤。偶尔，我听到远方传来声音，看到些许灯火；然而，什么也没发生，我既没看到也没遇到任何愿意取我性命的人。

途中，我好几次觉得怀里的莉莎仿佛又恢复心跳。每一次，我都把耳朵贴到她胸口，但只是枉然，我只不过使自己的脸沾了更多她衣服上的血迹罢了。我终于不再这么做，因为意识到所听到的其实是我自己的心跳，是我自己的心脏怦怦狂跳，仿佛想同时为两个人跳动。

到了公园，我穿越了池塘上的窄木桥，再也没有鸭子在池塘里呱呱叫。我让莉莎冰冷的小遗体坐在她最喜欢的一张长椅上，从这里可以看到整片池塘，天气好的时节，可以观赏到毛茸茸的小鸭鱼贯跟在母鸭后面游水。确定她坐妥了以后，我也在她身旁坐下来，仿佛又能听到她赞叹大自然的美妙，连续观看数个小时也不嫌累。

等泪水终于洗净回忆后，我站起来，最后一次放开了她的手。

这一夜以后，有好长一段时间，我不曾踏进自己的房间，而改睡楼下的沙发。然而，睡沙发太不舒服，害我腰酸背痛，差点爬不起来。我不可能去躺莉莎的儿童床，毕竟身材这么高大，势必要缩得更紧了。没办法，我只能回自己房间。

最初两个晚上，我完全无法合眼，总觉得恐怖的画面会从镜子一跃而出。这面镜子是我母亲所珍爱的，我迟迟狠不下心打破它，于是到了第三天夜里，我起来，用床单把镜子遮住。我不用再担心会看到我的莉莎死去，好不容易才渐渐找回睡意。

我正要进入另一段回忆，忽然一个声音把我拉回现实。我的双眼顿时从朦胧深渊回到当下。光儿一手仍握住滴着血水的抹布，却猛然挺起身子，双唇颤抖。

我们听到了相同的声音：远方，非常遥远的远方，传来警报声。

这世上有惊天动地的爱，

同样的，

也有惊天动地的恸，

它也能让你做出毫无理智的举止。

≈

The little girl who looks for the light.

≈

光芒乍现

警报声回荡了三次，直到天黑，然后停止了。我猜想明天早上以前都不会再响起，所以天亮前不会有任何人朝我们这里前进。

我们已经等候了漫长的八年，但现在看来，连自由也需要睡眠。

夜里，我睡得并不安稳，胸口很痛，身体很僵硬，就算睡着了，也是断断续续，每次顶多睡个十来分钟，不时因不安或痛楚而醒来。说穿了，和住院没两样。

这是光儿和我第一次同时醒来，因为听到了非常清晰的警报声。我果然猜得没错：我们的人只趁白天推进。

光儿马上跑来我房间，向我表示她也听到了。

“我猜，应该再几个钟头就够了。运气好的话，光儿，我们今晚就自由了。”

她耸耸肩，勉强挤出笑容。然后她指了指我心脏的位置。

“我很好，谢谢你。不过恐怕还没好到可以下床。说到这个，要麻烦你帮我拿桶子过来。”

她起初似乎不明白为什么需要桶子，然后忽然间，她挑起眉毛，一副了然于心的样子。她很快就换成若无其事的表情，仿佛会极其低调地去进行，且绝不会让任何人知道这件尴尬的事情。

真是个称职的小护士。

才不过是去浴室拿桶子回房里的时间，老人又睡着了。

她一手放在他肩膀上，轻轻摇醒他。

“啊，光儿，谢谢你。我自己来想想办法吧。对了，他还在走廊上吗？我闻到的这个味道，是他吗？”

光儿点点头。尸体开始腐化，虽缓慢却持续不断，距离爷爷先生只有短短几公尺，她却无能为力。她曾尝试要移动它，试了好几次，但没办法。

她只好盼望那些救星能如爷爷先生所说的，尽快来救他们。

重点是，但愿他们能治好爷爷先生。

警报声再度把我从睡梦中拉出来。光儿依然守在我身旁，我看了很欣慰。“听起来还很远，你不觉得吗？都过了一个钟头了，感觉他们几乎没前进呀。”

光儿向我表示我弄错了。

“什么？你说六次？我居然都没有醒来？”

真是双重坏消息：首先，我睡太久了，而且这次睡得太沉；再来，倘若警报声接近得这么缓慢，多半无法在今天之内抵达我们这里了。

我不由得担心起来。然后，我又困了。

光儿费了好大的工夫才叫醒爷爷先生，很坚持要把他叫醒，因为她很担心：一天都快过完了，他却不曾进食。所以她一匙一匙地喂他喝汤，但老人毫无胃口。

勉勉强强吃完一餐后，她仔细擦拭老人沾到不少汤汁的胡子，然后她到床上睡在他身旁。她拉起他的手绕住她自己，就像第一次时那样。她的不安逐渐散去，感觉自己也慢慢进入了朦胧无忧的梦境。

她才睡着不到十分钟，爷爷先生忽然惊醒，吃力地朝上方挥舞自己长长的手臂。

“苍蝇，有苍蝇！”

光儿发现，的确，十几只原本被尸体引来的苍蝇，霸占了整个二楼，包括卧房在内，地上也有几只，正吸吮着那种人的残余血迹。

“到处都是，我身旁到处都是苍蝇！”

老人的神情和说话的方式很不寻常，光儿不知道他究竟是醒了，还是仍在做梦。大概介于两者之间吧。

“还有这味道，这味道！光儿，这味道好恶心……”

小女孩撑开鼻孔嗅闻：腐肉的恶臭开始弥漫在空中。

“苍蝇、臭味……垃圾桶！”

光儿不太明白，但看得出他变得有些激动。

“我感觉自己好像在垃圾桶里！光儿，拜托你快想想办法呀，随便怎样都好！”

最后这句话，他是用喊的。于是，光儿立刻跳起来，把房门关上，打开窗户，推开窗板，用力挥动双手，把苍蝇都赶出去。

等到最后几只顽强的苍蝇也赶出去后，她听到爷爷先生的声音终于又恢复平静。

“对不起，光儿。我不知道自己刚才是怎么了，忽然神志不清。我可能是发烧了……”

小女孩来到床边，用微笑告诉他，没关系的。

“现在，还是关起来比较好，可以吗？外面天还很亮……”

一听到这里，光儿瞬间转向窗外。她一直忙着关心爷爷先生的情况，居然没意识到这是她第一次看到阳光，是真正的白天的阳光，那光线，既不是橙黄又害羞的黎明，也不是灰蓝而令人不安的黄昏。

她一点都不希望惹爷爷先生不高兴，但又忍不住一直盯着这又白又暖的真实光芒。这一刻如此强烈，她实在难以想象再过几个钟头，一直到她这辈子结束，都能尽情浸淫在日光的恩赐里。

为了再多享受一下，小女孩关上窗板时，动作极为缓慢。

她抓住左侧窗板，拉向自己的同时一面伸长脖子眺望左处远方。准备拉另一侧窗板时，她缓缓来了个一百八十度全景，将各种新奇形状和颜色尽收眼底。

明亮的世界，是如此美丽。

拉右侧窗板时，一看到两条街外的景象，她愣住了。

她起初似乎不明白为什么需要桶子，

然后忽然间，她挑起眉毛，

一副了然于心的样子。

她很快就换成若无其事的表情，

仿佛会极其低调地去进行，

且绝不会让任何人知道这件尴尬的事情。

真是个称职的小护士。

≈

The little girl who looks for the light.

≈

结束

有好长一段时间，她像是被震慑住了，然后非常小心翼翼地关上窗板，留意不发出任何声音。接着她轻手轻脚地，几乎是踮着脚尖退向我床边。

“怎么了？你看到了什么，怎么这么害怕？”

我发现她想要向我解释某种事情，但太复杂，无法以比手画脚表达。

“好吧，那就去床头柜拿一张纸，把你看到的画出来！”

她从笔记本撕了一页下来，拿出随时收在口袋里的铅笔，开始当着我的面，画了个倒V，在尖尖的顶点上画了长长的一竖，在一竖的顶端又加了个圆。

“这是个小人吗？”

她用力点头。

“那么这两边还少了手。不，你是对的，手不重要。所以你看到了……一个人？”

她在第一个小人的旁边，很快又画了好几个小人。

“不止一个人？很多人，是吗？他们是什么模样？”

在每一个代表人脸的圆圈上方，她又加了个稍微大一些的圆。

“他们头上有圆圆的东西，对吗？是钢盔吗？啊，你不懂这个字……不然这么说吧，头上有保护的东西，对吗？”

光儿看了看自己的铅笔，似乎很恼怒的样子，随即比了个手势，要我稍等。她跑回自己房间，抱了一盒彩色铅笔回来。

“所以你想着色？”

她打开小铁盒时太激动了，不小心把半数铅笔打翻在地上，其中包括她想要找的那一支。她频摇头，跪下来寻找，还大呼了一口气，因为一直找不到她要的颜色，最后终于在床底下找到那支笔。

在纸上焦急地来回画了五六笔后，她把小人的头盔涂成蓝色。

“丫头，这就是你所看到的？蓝色的钢盔？”

她以相同的浅蓝色，激动地把其他小人的头盔涂满。我的心脏明明已经很累了，我却觉得它差点要从我胸口跳出来。

“蓝色钢盔，很多的蓝色钢盔……”

所以他们就在我们附近而已了。近得连她都能轻易看见。终于。

“你不用怕了，丫头。这些钢盔代表他们确实是我们的救星。”

我再度看了看她画的图，仿佛看到了奇迹。

“应该再等几个钟头就行了，顶多再等一夜吧，但有件事是确定的：你和我呀，我们自由了。”

我在心里，为了自己又把这句话重复说了好几遍。

自由了。

光儿和我，自由了。

我的光儿。

警报响了三次，后来随着夜色而沉寂。没有人到来。

光儿想彻夜不睡，去窗边守候救星到来，但爷爷先生不肯。她央求了一会儿，但他表示收音机的讯息说得很清楚，重点是附近可能还剩有一些那种人在徘徊，等着看还有没有杀戮的机会。光儿只好乖乖听话，睡前先去把水桶倒了，再端了一杯水摆在爷爷先生的床头小桌上。她俯身向他亲吻道晚安，这时他想到一件事：为了明天这个大日子，小女孩得替她和他准备漂亮的新衣服才行。他躺在床上以口头指引她，她终于在衣柜最深处找到他最漂亮的一套西装，以及一件白衬衫和一条领带。至于她呢，他建议穿及膝裙子和薄毛衣。

她回到自己的房间躺下来，把棉被盖好，然而，根本一点都不想睡觉。

这是光儿目前短短一辈子最难熬的一夜，她一秒也没合眼，就只能时时刻刻竖着耳朵聆听早晨可能传来的警报声。

等警报终于响起，小女孩立刻从床上跳下来，雀跃地穿上自己的漂亮衣裳。

她下楼煮水泡茶，然后双手捧着一碗热腾腾的茶上来。

爬楼梯时，她决定让爷爷先生开心一下，也让自己开心一下，她想用一束阳光来叫醒他，以庆祝他们获得自由的第一天。因此她悄然无声地溜进他的房间，把茶碗放在床头小桌上，打开窗户。她悄悄抽开卡住窗板的金属榫闩，然后把窗板稍稍推开几公分。一道早晨的灿烂阳光立刻投射进来，那轮廓线条清晰得像用刀划出来的。她注意到光束内有细小的尘埃飘动，尘埃宛如在暖洋洋的阳光里翩翩起舞。今天真美好，连光儿也想跳舞。她轻轻吹动尘埃，与尘埃共舞，欢快地一起转圈圈，从窗前旋到床边。

尘埃的小舞曲到爷爷先生的脸旁告一段落时，她注意到他的脸色似乎比平常更灰沉一些。于是她亲了亲他的额头，刹那间，冰冷的感觉立刻贴附她的唇，直捣她的心。

她悄悄抽开卡住窗板的金属榫闩，

然后把窗板稍稍推开几公分。

一道早晨的灿烂阳光立刻投射进来，

那轮廓线条清晰得像用刀划出来的。

她注意到光束内有细小的尘埃飘动，

尘埃宛如在暖洋洋的阳光里翩翩起舞。

今天真美好，连光儿也想跳舞。

她轻轻吹动尘埃，与尘埃共舞，

欢快地一起转圈圈，从窗前旋到床边。

≈

The little girl who looks for the light.

≈

尾声

光儿窝在爷爷先生身旁哭泣，这期间警报又响了两次。

最后，终于，出现了小女孩一辈子都不曾听过的声音。

叩、叩、叩。

有人敲门。

敲了三声，就像收音机讯息所说的那样。

她推开窗板，俯身朝下方看。她在门口那边瞥到一个蓝色圆弧形钢盔的顶端。

爷爷先生说得对，那些救星来了。战争结束了。

她不疾不徐下楼，打开大门：是个戴着钢盔的男人。不是年轻人，也不是老人，就只是个男人。

“你好，小妹妹。你听得懂我说的话吗？”

她点点头。

“这里只有你一个人吗？”

她差点摇头说不，但改变主意，再度点头。

“你年纪这么小，居然能存活到现在……已经结束了。来吧。你知道吗，你不是一个人哦，我们找到其他几个像你这样的孩子。”男子脱掉手套，向她伸手。她知道可以信任他，也伸出自己的手。男子的手和爷爷先生的手不一样，手指较短，也较粗厚。

他们走向大马路。

到处都有十来个戴着相同钢盔的人，其中一人也牵着个小孩子，是个光儿从未见过的小男孩，他应该不是底下的孩子。还有一个人搀扶着一位妇女，她不断亲吻自己的手，再向天际送飞吻。这条路的路口，有另外两个戴蓝色钢盔的人，背着一位几近赤裸的干瘦老人，他伏在他们肩头不断啜泣。

走向一座大帐篷的途中，钢盔男子问她：

“小妹妹，你叫什么名字？”

她吞了吞口水，用力深呼吸。

“叔叔，我叫光儿。”

光儿感到不可思议：她居然开口说话了。其实很简单。她没有迟疑，也没口吃，她就像个平常日子里的平常小女孩。她想起了爷爷先生，他一定会很以她为傲。

她用空着的那只手从口袋翻出清单，在自己心里删掉了第一项。

这时，她看到第一项下方的小图。那个一又二分之一。

她猛然把自己的手从钢盔男子的手中抽出，回头往爷爷先生的家奔跑。

“光儿，快回来！你要和我待在一起才行呀！”

但她已经跑远了。她听到他在后面大喊：

“快拦住她！”

她经过另一名蓝色钢盔男子时，他试图挽住她，但她一路狂奔，轻易甩开了他。跑了一会儿，她终于回到家里。她走到客厅中央，猛地掀开桌巾，露出漆亮的黑色钢琴。她轻轻打开琴键盖，就像爷爷先生教她的那样，然后拉了张椅子过来，展开十指。

于是，她开始弹琴。

她全心全意地弹，有时太用力地同时按下五六个黑白琴键，纯粹随机乱按，毫无和谐可言。

躁动的乐声，伴随着光儿的泪水，和累积多年而指引着她手指的悲伤，不断传入四周所有人耳中，犹如一首最悲愤的自由之歌，犹如最美的爱的呐喊。

图书在版编目（CIP）数据

寻找光的小女孩 /（法）马萨霍托著；梁若瑜译 .
-- 北京：北京日报出版社，2016.6
ISBN 978-7-5477-2103-2

Ⅰ . ①寻… Ⅱ . ①马… ②梁… Ⅲ . ①长篇小说—法
国—现代 Ⅳ . ① I565.45

中国版本图书馆 CIP 数据核字（2016）第 105653 号

版权登记号：01-2016-3665

寻找光的小女孩

出版发行：北京日报出版社
地　　址：北京市东城区东单三条 8-16 号东方广场东配楼四层
邮　　编：100005
电　　话：发行部：（010）65255876
　　　　　总编室：（010）65252135
印　　刷：东莞市信誉印刷有限公司
经　　销：各地新华书店
版　　次：2016 年 6 月第 1 版
　　　　　2016 年 6 月第 1 次印刷
开　　本：880 毫米 × 1230 毫米　1/32
印　　张：8
字　　数：80 千字
定　　价：34.80 元